炉边独语

胡适散文精选

胡适　著

泰山出版社 ·济南·

图书在版编目（CIP）数据

胡适散文精选 / 胡适著. -- 济南：泰山出版社，2023.7

（炉边独语）

ISBN 978-7-5519-0768-2

Ⅰ. ①胡…　Ⅱ. ①胡…　Ⅲ. ①散文集－中国－现代　Ⅳ. ①I266

中国国家版本馆CIP数据核字（2023）第105380号

LUBIAN DUYU　HUSHI SANWEN JINGXUAN

炉边独语： 胡适散文精选

责任编辑　程　强
装帧设计　路渊源

出版发行　泰山出版社
社　　址　济南市泺源大街2号　邮编　250014
电　　话　综　合　部（0531）82023579　82022566
　　　　　出版业务部（0531）82025510　82020455
网　　址　www.tscbs.com
电子信箱　tscbs@sohu.com
印　　刷　山东通达印刷有限公司
成品尺寸　150 mm × 230 mm　16开
印　　张　13.75
字　　数　160千字
版　　次　2023年7月第1版
印　　次　2023年7月第1次印刷
标准书号　ISBN 978-7-5519-0768-2
定　　价　39.00元

凡 例

一、本书收录了作者的散文经典文章或片段节选，主要展现了作者的学术历程、情感操守，以及当时的时代风貌等。

二、将所选文章改为简体横排，以适应当代的阅读习惯。所选文章尽量依照原作，以保持文章的时代韵味，部分内容参照当下最新的整理成果进行了适当修改。

三、所选文章没有标题或者标题重复的，编辑时另行拟加或改拟。

四、对有些当时惯用的文字，如“的”“地”“得”“作”“做”“哪”“那”“吧”“罢”“化钱”“记帐”等，仍多遵照旧用。

目录

归国杂感

我在美国动身的时候，有许多朋友对我道："密司忒胡，你和中国别了七个足年了，这七年之中，中国已经革了三次的命，朝代也换了几个了。真个是一日千里的进步。你回去时，恐怕要不认得那七年前的老大帝国了。"我笑着对他们说道："列位不用替我担忧。我们中国正恐怕进步太快，我们留学生回去要不认得他了，所以他走上几步，又退回几步。他正在那里回头等我们回去认旧相识呢。"

这话并不是戏言，乃是真话。我每每劝人回国时莫存大希望；希望越大，失望越大。所以我自己回国时，并不曾怀什么大希望。果然船到了横滨，便听得张勋复辟的消息。如今在中国已住了四个月了，所见所闻，果然不出我所料。七年没见面的中国还是七年前的老相识！到上海的时候，有一天，一位朋友拉我到大舞台去看戏。我走进去坐了两点钟，出来的时候，对我的朋友说道："这个大舞台真正是中国的一个绝妙的缩本模型。你看这大舞台三个字岂不狠新？外面的房屋岂不是洋房？里面的座位和戏台上的布景装潢又岂不是西洋新式？但是做戏的人都不过是赵如泉、沈韵秋、万盏灯、何家声、何金寿这些人。没有一个不是二十年前的旧古董！我十三岁到上海的时候，他们已成了老脚色了。如今又隔了十三年了，却还是他们在台上撑场面。这十三年造出来的新角色都到哪里去了呢？你再看那台上做的《举鼎观画》。那祖先堂上的布景，岂不狠完备？只是那小薛蛟拿了那老头儿的书信，就此跨马加鞭，却忘记了台上布的景是一座祖先堂！又看那出《四进士》。台上布景，明明有了门了，那宋士杰却还要做手势去关那没有的门！上公堂时，还要跨那没有的门槛！你看这二十年前的旧古董在二十世纪的大舞台上做戏；装上了二十世纪的新布景，却偏要做那二十年前的旧手脚！这不是一副绝妙的中国现势图吗？”

我在上海住了十二天，在内地住了一个月，在北京住了两个月，在路上走了二十天，看了两件大进步的事：第一件是“三炮台”的纸烟，居然行到我们徽州去了；第二件是“扑克”牌居然比麻雀牌还要时髦了。“三炮台”纸烟还不算希奇，只有那“扑克”牌何以会这样风行呢？有许多老先生向来学A，B，C，D，是狠不行的，如今打起“扑克”来，也会说“恩德”，“累死”，“接客倭彭”了！这些怪不好记的名词，何以会这样容易上口呢？他们学这些名词这样容易，何以学正经的A，B，C，D，又那样蠢呢？我想这里面很有可以研究的道理。新思想行不到徽州，恐怕是因为新思想没有“三炮台”那样中吃罢？A，B，C，D，不容易教，恐怕是因为教的人不得其法罢？

我第一次走过四马路，就看见了三部教“扑克”的书。我心想“扑克”的书已有这许多了，那别种有用的书，自然更不少了，所以我就花了一天的工夫，专去调查上海的出版界。我是学哲学的，自然先寻哲学的书。不料这几年来，中国竟可以算得没有出过一部哲学书。找来找去，找到一部《中国哲学史》，内中王阳明占了四大页，《洪范》倒占了八页！还说了些“孔子既受天之命”，“与天地合德”的话。又看见一部《韩非子精华》，删去了《五蠹》和《显学》两篇，竟成了一部《韩非子糟粕》了。文学书内，只有一部王国维的《宋元戏曲史》是很好的。又看见一家书目上有翻译的莎士比亚剧本，找来一看，原来把会话体的戏剧，都改作了《聊斋志异》体的叙事古文！又看见一部《妇女文学史》，内中苏蕙的回文诗足足占了六十页！又看见《饮冰室丛著》内有《墨学微》一书，我是喜欢看看墨家的书的人，自然心中狠高兴。不料抽出来一看，原来是任公先生十四年前的旧作，不曾改了一个字！此外只有一部《中国外交史》，是我从前很佩服的，如今居然到了三版了。这件事还可以使人乐观。此外那些新出版的小说，看来看去，实在找不出一部可看的小说。有人对我说，如今最风行的是一部《新华春梦记》，这也可以想见中国小说界的程度了。

总而言之，上海的出版界——中国的出版界——这七年来简直没有两三部以上可看的书！不但高等学问的书一部都没有，就是要找一部轮船上火车上消遣的书，也找不出！（后来我寻来寻去，只寻得一部吴稚晖先生的《上下古今谈》，带到芜湖路上去看。）我看了这个怪现状，真可以放声大哭。如今的中国人，肚子饿了，还有些施粥的厂把粥给他们吃。只是那些脑子教饿的人可真没有东西吃了。难道可以把些《九尾龟》，《十尾龟》来充饥吗？

中文书籍既是如此，我又去调查现在市上最通行的英文书籍。看来看去，都是些什么莎士比亚的《威匿思商》，《麦克白传》，阿狄生的《文报选录》，戈司密的《威克斐牧师》，欧文的《见闻杂记》……大概都是些十七世纪十八世纪的书。内中有几部十九世纪的书，也不过是欧文，迭更司，司各脱，麦考来几个人的书，都是和现在欧美的新思潮毫无关系的。怪不得我后来问起一位有名的英文教习，竟连Bernard Shaw的名字也不曾听见过，不要说Tchekoff和Andreyev了。我想这都是现在一班教会学堂出身的英文教习的罪过。这些英文教习，只会用他们先生教过的课本。他们的先生又只会用他们先生的先生教过的课本。所以现在中国学堂所用的英文书籍，大概都是教会先生的太老师或太太老师们教过的课本！怪不得和现在的思想潮流绝无关系了。

有人说，思想是一件事，文字又是一件事，学英文的人何必要读与现代新思潮有关系的书呢？这话似乎有理，其实不然。我们中国学英文，和英国美国的小孩子学英文，是两样的。我们学西洋文字，不单是要认得几个洋字，会说几句洋话，我们的目的在于输入西洋的学术思想，所以我以为中国学校教授西洋文字，应该用一种“一箭射双雕”的方法，把“思想”和“文字”同时并教。例如教散文，与其用欧文的《见闻杂记》，或阿狄生的《文报选录》，不如用赫胥黎的《进化杂论》。又如教戏曲，与其教莎士比亚的《威匿思商》，不如用Bernard Shaw的*Androcles and the Lion*，或是Galsworthy的*Strife*和*Justice*。又如教长篇的文字，与其教麦考来的《约翰生行述》，不如教弥尔的《群已权界论》。……我写到这里，忽然想起日本东京丸善书店的英文书目。那书目上，凡是英美两国一年前出版的新书，大概都有。我把这书目和商务书馆与伊文思书馆的书目一比较，我几乎要羞死了。

我回中国所见的怪现状，最普通的是“时间不值钱”。中国人吃了饭没有事做，不是打麻雀（将），便是打“扑克”。有的人走上茶馆，泡了一碗茶，便是一天了。有的人拿一只鸟儿到处逛逛，也是一天了。更可笑的是朋友去看朋友，一坐下便生了根了，再也不肯走。有事商议，或是有话谈论，（到）〔倒〕也罢了。其实并没有可议的事，可语的话。我有一天在一位朋友处有事，忽然来了两位客，是□□馆的人员。我的朋友走出去会客，我因为事没有完，便在他房里等他。我以为这两位客一定是来商议这□□馆中什么要事的。不料我听得他们开口道：“□□先生，今回是打津浦火车来的，还是坐轮船来的？”我的朋友说是坐轮船来的。这两位客接着便说轮船怎样不便，怎样迟缓。又从轮船上谈到铁路上，从铁路上又谈到现在中交两银行的钞洋跌价。因此又谈到梁任公的财政本领，又谈到梁士诒的行踪去迹。……谈了一点多钟，没有谈上一句要紧的话。后来我等得没法了，只好叫听差去请我的朋友。那两位客还不知趣，不肯就走。我不得已，只好跑了，让我的朋友去领教他们的“二梁优劣论”罢！

美国有一位大贤名弗兰克令（Benjamin Franklin）的，曾说道，“时间乃是造成生命的东西”。时间不值钱，生命自然也不值钱了。上海那些拣茶叶的女工，一天拣到黑，至多不过得二百个钱，少的不过得五六十钱。茶叶店的伙计，一天做十六七点钟的工，一个月平均只拿得两三块钱！还有那些工厂的工人，更不用说了。还有那些更下等，更苦痛的工作，更不用说了。人力那样不值钱，所以卫生也不讲究，医药也不讲究。我在北京上海看那些小店铺里和穷人家里的种种不卫生，真是一个黑暗世界。至于道路的不洁净，瘟疫的流行，更不消说了。最可怪的是无论阿猫阿狗都可挂牌医病，医死了人，也没有人怨恨，也没有人干涉。人命的不值钱，真可算得到了极端了。

现今的人都说教育可以救种种的弊病。但是依我看来，中国的教育，不但不能救亡，检直可以亡国。我有十几年没到内地去了，这回回去，自然去看看那些学堂。学堂的课程表，看来何尝不完备。体操也有，图画也有，英文也有，那些国文、修身之类，更不用说了。但是学堂的弊病，却正在这课程完备上。例如我们家乡的小学堂，经费自然不充足了，却也要每年花六十块钱去请一个中学堂学生兼教英文唱歌。又花二十块钱买一架风琴。我心想，这六十块一年的英文教习，能教什么英文？教的英文，在我们山里的小地方，又有什么用处？至于那音乐一科，更无道理了。请问那种学堂的音乐，还是可以增进“美感”呢？还是可以增进音乐知识呢？若果然要教音乐，为什么不去村乡里找一个会吹笛子的唱昆腔的人来教？为什么一定要用那实在不中听的二十块钱的风琴呢？那些穷人的子弟学了音乐回家，能买得起一架风琴来练习他所学的音乐知识吗？我真是莫名其妙了。所以我在内地常说：“列位办学堂，尽不必问教育部规程是什么。须先问这块地方上最需要的是什么。譬如我们这里最需要的是农家常识，蚕桑常识，商业常识，卫生常识，列位却把修身教科书去教他们做圣贤！又把二十块钱的风琴去教他们学音乐！又请一位六十块钱一年的教习教他们学英文！列位且自己想想看，这样的教育，造得出怎么样的人才？所以我奉劝列位办学堂，切莫注重课程的完备，须要注意课程的实用。尽不必去巴结视学员，且去巴结那些小百姓。视学员说这个学堂好，是没有用的。须要小百姓都肯把他们的子弟送来上学，那才是教育有成效了。”

以上说的是小学堂。至于那些中学校的成绩，更可怕了。我遇见一位省立法政学堂的本科学生，谈了一会，他忽然问道：“听说东文是和英文差不多的，这话可真吗？”我已经大诧异了。后来他听我说日本人总有些岛国习气，忽然问道：“原来日本也在海岛上吗？”……这个固然是一个极端的例。但是如今中学堂毕业的人才，高又高不得，低又低不得，竟成了一种无能的游民。这都由于学校里所教的功课，和社会上的需要毫无关涉。所以学校只管多，教育只管兴，社会上的工人，伙计，账房，警察，兵士，农夫……还只是用没有受过教育的人。社会所需要的是做事的人才，学堂所造成的是不会做事又不肯做事的人才。这种教育不是亡国的教育吗？

我说我的“归国杂感”，提起笔来，便写了三四千字。说的都是些狠可以悲观的话。但是我却并不是悲观的人。我以为这二十年来中国并不是完全没有进步，不过惰性太大，向前三步又退回两步，所以到如今还是这个样子。我这回回家寻出了一部叶德辉的《翼教丛编》，读了一遍，才知道这二十年的中国实在已经有了许多大进步。不到二十年前，那些老先生们，如叶德辉、王益吾之流，出了死力去驳康有为，所以这书叫做《翼教丛编》。我们今日也痛骂康有为。但二十年前的中国，骂康有为太新；二十年后的中国，却骂康有为太旧。如今康有为没有皇帝可保了，狠可以做一部《翼教续编》来骂陈独秀了。这两部“翼教”的书的不同之处，便是中国二十年来的进步了。

我相信世间万事万物，无一不是新陈代谢，进化无穷。我预料二十年后，陈独秀也要做一部《翼教再续编》来骂他人。哈哈！“后之视今，亦犹今之视昔。”不知那日叶德辉、康有为、陈独秀三人，作何等感想。

民国七年一月。

（原载于1918年1月《新青年》第4卷第1号，署名胡适。）

信心与反省

这一期里有“寿生”先生的一篇文章，题为“我们要有信心”，在这文里，他提出一个大问题：中华民族真不行吗？他自己的答案是：我们是还有生存权的。

我很高兴我们的青年在这种恶劣空气里还能保持他们对于国家民族前途的绝大信心。这种信心是一个民族生存的基础，我们当然是完全同情的。

可是我们要补充一点：这种信心本身要建筑在稳固的基础之上，不可站在散沙之上。如果信仰的根据不稳固，一朝根基动摇了，信仰也就完了。

寿生先生不赞成那些旧人“拿什么五千年的古国哟，精神文明哟，地大物博哟，来遮丑”。这是不错的。然而他自己提出的民族信心的根据，依我看来，文字上虽然和他们不同，实质上还是和他们同样的站在散沙之上，同样的挡不住风吹雨打。例如他说：

> 我们今日之改进不如日本之速者，就是因为我们的固有文化太丰富了。富于创造性的人，个性必强，接受性就缓。

这种思想在实质上和那五千年古国精神文明的迷梦是同样的无稽的夸大。第一，他的原则“富于创造性的人，个性必强，接受性就较缓”，这个大前提就是完全无稽之谈，就是懒惰的中国士大夫捏造出来替自己遮丑的胡说。事实上恰是相反的：凡富于创造性的人必敏于模仿，凡不善模仿的人决不能创造。创造是一个最误人的名词，其实创造只是模仿到十足时的一点点新花样。古人说的最好：“太阳之下，没有新的东西。”一切所谓创造都从模仿出来。我们不要被新名词骗了。新名词的模仿就是旧名词的“学”字：“学之为言效也”是一句不磨的老话。例如学琴，必须先模仿琴师弹琴；学画必须先模仿画师作画；就是画自然界的景物，也是模仿。模仿熟了，就是学会了，工具用的熟了，方法练的细密了，有天才的人自然会“熟能生巧”，这一点工夫到时的奇巧新花样就叫做创造。凡不肯模仿，就是不肯学人的长处。不肯学如何能创造？葛理略（Galileo）听说荷兰有个磨镜匠人做成了一座望远镜，他就依他听说的造法，自己制造了一座望远镜。这就是模仿，也就是创造。从十七世纪初年到如今，望远镜和显微镜都年年有进步，可是这三百年的进步，步步是模仿，也步步是创造。一切进步都是如此：没有一件创造不是先从模仿下手的。孔子说的好：

> 三人行，必有我师焉；择其善者而从之，其不善者而改之。

这就是一个圣人的模仿。懒人不肯模仿，所以决不会创造。

一个民族也和个人一样，最肯学人的时代就是那个民族最伟大的时代；等到他不肯学人的时候，他的盛世已过去了，他已走上衰老僵化的时期了。我们中国民族最伟大的时代，正是我们最肯模仿四邻的时代：从汉到唐宋，一切建筑，绘画，雕刻，音乐，宗教，思想，算学，天文，工艺，那一件里没有模仿外国的重要成分？佛教和他带来的美术建筑，不用说了。从汉朝到今日，我们的历法改革，无一次不是采用外国的新法；最近三百年的历法是完全学西洋的，更不用说了。到了我们不肯学人家的好处的时候，我们的文化也就不进步了。我们到了民族中衰的时代，只有懒劲学印度人的吸食鸦片，却没有精力学满洲人的不缠脚，那就是我们自杀的法门了。

第二，我们不可轻视日本人的模仿。寿生先生也犯了一般人轻视日本的恶习惯，抹煞日本人善于模仿的绝大长处。日本的成功，正可以证明我在上文说的“一切创造都从模仿出来”的原则。寿生说：

> 从唐以至日本明治维新，千数百年间，日本有一件事足为中国取镜者吗？中国的学术思想在她手里去发展改进过吗？我们实无法说有。

这又是无稽的诬告了。三百年前，朱舜水到日本，他居留久了，能了解那个岛国民族的优点，所以他写信给中国的朋友说，日本的政治虽不能上比唐虞，可以说比得上三代盛世。这一个中国大学者在长期寄居之后下的考语，是值得我们的注意的。日本民族的长处全在他们肯一心一意的学别人的好处。他们学了中国的无数好处，但始终不曾学我们的小脚，八股文，鸦片烟。这不够“为中国取镜”吗？他们学别国的文化，无论在那一方面，凡是学到家的，都能有创造的贡献。这是必然的道理。浅见的人都说日本的山水人物画是模仿中国的；其实日本画自有他的特点，在人物方面的成绩远胜过中国画，在山水方面也没有走上四王的笨路。在文学方面，他们也有很大的创造。近年已有人赏识日本的小诗了。我且举一个大家不甚留意的例子。文学史家往往说日本的《源氏物语》等作品是模仿中国唐人的小说《游仙窟》等书的。现今《游仙窟》已从日本翻印回中国来了，《源氏物语》也有了英国人卫来先生（Arthur Waley）的五巨册的译本。我们若比较这两部书，就不能不惊叹日本人创造力的伟大。如果《源氏》真是从模仿《游仙窟》出来的，那真是徒弟胜过师傅千万倍了！寿生先生原文里批评日本的工商业，也是中了成见的毒。日本今日工商业的长脚发展，虽然也受了生活程度比人低和货币低落的恩惠，但他的根基实在是全靠科学与工业的大进步。今日大阪与兰肯歇的竞争，骨子里还是新式工业与旧式工业的竞争。日本今日自造的纺织器是世界各国公认为最新最良的。今日英国纺织业也不能不购买日本的新机器了。这是从模仿到创造的最好的例子。不然，我们工人的工资比日本更低，货币平常也比日本钱更贱，为什么我们不能“与他国资本家抢商场”呢？我们到了今日，若还要抹煞事实，笑人模仿，而自居于“富于创造性者”的不屑模仿，那真是盲目的夸大狂了。

第三，再看看“我们的固有文化”是不是真的“太丰富了”。寿生和其他夸大本国固有文化的人们，如果真肯平心想想，必然也会明白这句话也是无根的乱谈。这个问题太大，不是这篇短文里所能详细讨论的，我只能指出这个比较重要之点，使人明白我们的固有文化实在是很贫乏的，谈不到“太丰富”的梦话。近代的科学文化，工业文化，我们可以撇开不谈，因为在那些方面，我们的贫乏未免太丢人了。我们且谈谈老远的过去时代罢。我们的周秦时代当然可以和希腊罗马相提比论，然而我们如果平心研究希腊罗马的文学，雕刻，科学，政治，单是这四项就不能不使我们感觉我们的文化的贫乏了。尤其是造形美术与算学的两方面，我们真不能不低头愧汗。我们试想想，《几何原本》的作者欧几里得（Euclid）正和孟子先后同时；在那么早的时代，在二千多年前，我们在科学上早已太落后了！（少年爱国的人何不试拿《墨子·经上》篇里的三五条几何学界说来比较《几何原本》？）从此以后，我们所有的，欧洲也都有；我们所没有的，人家所独有的，人家都比我们强。试举一个例子：欧洲有三个一千年的大学，有许多个五百年以上的大学，至今继续存在，继续发展。我们有没有？至于我们所独有的宝贝，骈文，律诗，八股，小脚，太监，姨太太，五世同居的大家庭，贞节牌坊，地狱活现的监狱，廷杖，板子夹棍的法庭……虽然“丰富”，虽然“在这世界无不足以单独成一系统”，究竟都是使我们抬不起头来的文物制度。即如寿生先生指出的“那更光辉万丈”的宋明理学，说起来也真正可怜！讲了七八百年的理学，没有一个理学圣贤起来指出裹小脚是不人道的野蛮行为，只见大家崇信“饿死事极小，失节事极大”的吃人礼教：请问那万丈光辉究竟照耀到那里去了？

以上说的，都只是略略指出寿生先生代表的民族信心是建筑在散沙上面，禁不起风吹草动，就会倒塌下来的。信心是我们需要的，但无根据的信心是没有力量的。

可靠的民族信心，必须建筑在一个坚固的基础之上，祖宗的光荣自是祖宗之光荣，不能救我们的痛苦羞辱。何况祖宗所建的基业不全是光荣呢？我们要指出：我们的民族信心必须站在“反省”的唯一基础之上。反省就是要闭门思过，要诚心诚意的想，我们祖宗的罪孽深重，我们自己的罪孽深重；要认清了罪孽所在，然后我们可以用全副精力去消灾灭罪。寿生先生引了一句“中国不亡是无天理”的悲叹词句，他也许不知道这句伤心的话是我十三四年前在中央公园后面柏树下对孙伏园先生说的，第二天被他记在《晨报》上，就流传至今。我说出那句话的目的，不是要人消极，是要人反省；不是要人灰心，是要人起信心，发下大弘誓来忏悔，来替祖宗忏悔，替我们自己忏悔；要发愿造新因来替代旧日种下的恶因。

今日的大患在于全国人不知耻。所以不知耻者，只是因为不曾反省。一个国家兵力不如人，被人打败了，被人抢夺了一大块土地去，这不算是最大的耻辱。一个国家在今日还容许整个的省分遍种鸦片烟，一个政府在今日还要依靠鸦片烟的税收——公卖税，吸户税，烟苗税，过境税——来做政府的收入的一部分，这是最大的耻辱。一个现代民族在今日还容许他们的最高官吏公然提倡什么“时轮金刚法会”，“息灾利民法会”，这是最大的耻辱。一个国家有五千年的历史，而没有一个四十年的大学，甚至于没有一个真正完备的大学，这是最大的耻辱。一个国家能养三百万不能捍卫国家的兵，而至今不肯计划任何区域的国民义务教育，这是最大的耻辱。

真诚的反省自然发生真诚的愧耻。孟子说的好："不耻不若人，何若人有？"真诚的愧耻自然引起向上的努力，要发弘愿努力学人家的好处，刬除自家的罪恶。经过这种反省与忏悔之后，然后可以起新的信心：要信仰我们自己正是拨乱反正的人，这个担子必须我们自己来挑起。三四十年的天足运动已经差不多完全刬除了小脚的风气：从前大脚的女人要装小脚，现在小脚的女人要装大脚了。风气转移的这样快，这不够坚定我们的自信心吗？

历史的反省自然使我们明了今日的失败都因为过去的不努力，同时也可以使我们格外明了"种瓜得瓜，种豆得豆"的因果铁律。刬除过去的罪孽只是割断已往种下的果。我们要收新果，必须努力造新因。祖宗生在过去的时代，他们没有我们今日的新工具，也居然能给我们留下了不少的遗产。我们今日有了祖宗不曾梦见的种种新工具，当然应该有比祖宗高明千百倍的成绩，才对得起这个新鲜的世界。日本一个小岛国，那么贫瘠的土地，那么少的人民，只因为伊藤博文，大久保利通，西乡隆盛等几十个人的努力，只因为他们肯拼命的学人家，肯拼命的用这个世界的新工具，居然在半个世纪之内一跃而为世界三五大强国之一。这不够鼓舞我们的信心吗？

反省的结果应该使我们明白那五千年的精神文明，那"光辉万丈"的宋明理学，那并不太丰富的固有文化，都是无济于事的银样蜡枪头。我们的前途在我们自己的手里。我们的信心应该望在我们的将来。我们的将来全靠我们下什么种，出多少力。“播了种一定会有收获，用了力决不至于白费”：这是翁文灏先生要我们有的信心。

二十三，五，二十八。

（原载于1934年6月3日《独立评论》第103号。）

不　朽

——我的宗教

不朽有种种说法，但是总括看来，只有两种说法是真有区别的。一种是把“不朽”解作灵魂不灭的意思。一种就是《春秋左传》上说的“三不朽”。

（一）神不灭论　宗教家往往说灵魂不灭，死后须受末日的裁判：做好事的享受天国天堂的快乐，做恶事的要受地狱的苦痛。这种说法，几千年来不但受了无数愚夫愚妇的迷信，居然还受了许多学者的信仰。但是古今来也有许多学者对于灵魂是否可离形体而存在的问题，不能不发生疑问。最重要的如南北朝人范缜的《神灭论》说：“形者神之质，神者形之用。……神之于质，犹利之于刀；形之于用，犹刀之于利。……舍利无刀，舍刀无利。未闻刀没而利存，岂容形亡而神在？”宋朝的司马光也说：“形既朽灭，神亦飘散，虽有剉烧舂磨，亦无所施。”但是司马光说的“形既朽灭，神亦飘散”，还不免把形与神看作两件事，不如范缜说的更透彻。范缜说人的神灵即是形体的作用，形体便是神灵的形质。正如刀子是形质，刀子的利钝是作用；有刀子方才有利钝，没有刀子便没有利钝。人有形体方才有作用：

这个作用，我们叫做“灵魂”。若没有形体，便没有作用了，便没有灵魂了。范缜这篇《神灭论》出来的时候，惹起了无数人的反对。梁武帝叫了七十几个名士作论驳他，都没有什么真有价值的议论。其中只有沈约的《难神灭论》说：“利若遍施四方，则利体无处复立；利之为用正存一边毫毛处耳。神之与形，举体若合，又安得同乎？若以此譬为尽耶，则不尽；若谓本不尽耶，则不可以为譬也。”这一段是说刀是无机体，人是有机体，故不能彼此相比。这话同然有理，但终不能推翻“神者形之用”的议论。近世唯物派的学者也说人的灵魂并不是什么无形体，独立存在的物事，不过是神经作用的总名；灵魂的种种作用都即是脑部各部分的机能作用；若有某部被损伤，某种作用即时废止；人幼年时脑部不曾完全发达，神灵作用也不能完全，老年人脑部渐渐衰耗，神灵作用也渐渐衰耗。这种议论的大旨，与范缜所说“神者形之用”正相同，但是有许多人总舍不得把灵魂打消了，所以咬住说灵魂另是一种神秘玄妙的物事，并不是神经的作用。这个“神秘玄妙”的物事究竟是什么，他们也说不出来，只觉得总应该有这么一件物事。既是“神秘玄妙”，自然不能用科学试验来证明他，也不能用科学试验来驳倒他。既然如此，我们只好用实验主义（Pragmatism）的方法，看这种学说的实际效果如何，以为评判的标准。依此标准看来，信神不灭论的固然也有好人，信神灭论的也未必全是坏人。即如司马光、范缜、赫胥黎一类的人，说不信灵魂不灭的话，何尝没有高尚的道德？更进一层说，有些人因为迷信天堂，天国，地狱，末日裁判，方才修德行善，这种修行全是自私自利的，也算不得真正道德。总而言之，灵魂灭不灭的问题，于人生行为上实在没有什么重大影响；既没有实际的影响，检直可说是不成问题了。

（二）三不朽说　《左传》说的三种不朽是：（一）立德的不朽，（二）立功的不朽，（三）立言的不朽。“德”便是个人人格的价值，像墨翟、耶稣一类的人，一生刻意孤行，精诚勇猛，使当时的人敬爱信仰，使千百年后的人想念崇拜。这便是立德的不朽。“功”便是事业，像哥仑布发见美洲，像华盛顿造成美洲共和国，替当时的人开一新天地，替历史开一新纪元，替天下后世的人种下无量幸福的种子。这便是立功的不朽。“言”便是语言著作，像那《诗经》三百篇的许多无名诗人，又像陶潜、杜甫、莎士比亚、易卜生一类的文学家，又像柏拉图、卢骚、弥儿顿一类的哲学家，又像牛敦、达尔文一类的科学家，或是做了几首好诗使千百年后的人欢喜感叹，或是做了几本好戏使当时的人鼓舞感动、使后世的人发愤兴起，或是创出一种新哲学，或是发明了一种新学说，或在当时发生思想的革命，或在后世影响无穷。这便是立言的不朽。总而言之，这种不朽说，不问人死后灵魂能不能存在，只问他的人格，他的事业，他的著作有没有永远存在的价值。即如基督教徒说耶稣是上帝的儿子，他的神灵永永存在，我们正不用驳这种无凭据的神话，只说耶稣的人格，事业和教训都可以不朽，又何必说那些无谓的神话呢？又如孔教会的人每到了孔丘的生日，一定要举行祭孔的典礼，还有些人学那“朝山进香”的法子，要赶到曲阜孔林去对孔丘的神灵表示敬意！其实孔丘的不朽全在他的人格与教训，不在他那“在天之灵”。大总统多行两次丁祭，孔教会多走两次“朝山进香”，就可以使孔丘格外不朽了吗？更进一步说，像那《三百篇》里的诗人，也没有姓名，也没有事实，但是他们都可说是立言的不朽。为什么呢？因为不朽全靠一个人的真价值，并不靠姓名事实的流传，也不靠灵魂的存在。试看古今来的多少大发明家，那发明火的，发明养蚕的，发明缫丝的，发明织布的，发明水车的，发明舂米的水碓的，发明规矩的，发明秤的……虽然姓名不传，事实湮没，但他们的功业永远存在，他们也就都不朽了。这种不朽比那个人的小小灵魂的存在，可不是更可宝贵，更可羡慕吗？况且那灵魂的有无还在不可知之中，这三种不朽——德，功，言——可是实在的。这三种不朽可不是比那灵魂的不灭更靠得住吗？

以上两种不朽论，依我个人看来，不消说得，那“三不朽说”是比那“神不灭说”好得多了。但是那“三不朽说”还有三层缺点，不可不知。第一，照平常的解说看来，那些真能不朽的人只不过那极少数有道德，有功业，有著述的人。还有那无量平常人难道就没有不朽的希望吗？世界上能有几个墨翟、耶稣，几个哥仑布、华盛顿，几个杜甫、陶潜，几个牛敦、达尔文呢？这岂不成了一种“寡头”的不朽论吗？第二，这种不朽论单从积极一方面着想，但没有消极的裁制。那种灵魂的不朽论既说有天国的快乐，又说有地狱的苦楚，是积极消极两方面都顾着的。如今单说立德可以不朽，不立德又怎样呢？立功可以不朽，有罪恶又怎样呢？第三，这种不朽论所说的“德，功，言”三件，范围都狠含糊。究竟怎样的人格方才可算是“德”呢？怎样的事业方才可算是“功”呢？怎样的著作方才可算是“言”呢？我且举一个例。哥仑布发见美洲固然可算得立了不朽之功，但是他船上的水手火头又怎样呢？他那只船的造船工人又怎样呢？他船上用的罗盘器械的制造工人又怎样呢？他所读的书的著作者又怎样呢？……举这一条例，已可见“三不朽”的界限含糊不清了。

因为要补足这三层缺点，所以我想提出第三种不朽论来请大家讨论。我一时想不起别的好名字，姑且称他做“社会的不朽论”。

（三）社会的不朽论　这种不朽论既名为“社会的”，不可不先讲社会的性质。社会是一种有机的组织。凡有机物的生命，全靠各部分各有特别的构造机能，同时又互相为用；若一部分离开独立，那部分的生命便要大受损伤；即使能勉强存在，也须受重大的变化。最平常的例就是人的身体。人身的生命，全靠各种机能的作用，但各种机能也没有独立的生活，也都靠全体的生命：没有各种机能就没有全体，没有全体也就没有各种机能。这才叫做有机的组织。社会的生命，无论是看纵剖面，是看横截面，都像一种有机的组织。从纵剖面看来，社会的历史是有机的：前人影响后人，后人又影响更后人；没有我们的祖宗和那无数的古人，又那里有今日的我和你？没有今日的我和你，又那里有将来的后人？没有那无量数的个人，便没有历史，但是没有历史，那无数的个人也决不是那个样子的个人：总而言之，个人造成历史，历史造成个人。这是纵剖面的社会有机体。从横截面看来，社会的生活也是有机的：个人造成社会，社会造成个人；社会的生活全靠个人分功合作的生活，但个人的生活，无论如何不同，都脱不了社会的影响；若没有那样这样的社会，决不会有这样那样的我和你；若没有无数的我和你，社会也决不是这个样子。这是横截面的社会有机体。

来勃尼慈（Leibnitz）说得好："这个世界乃是一片大充实，（Plenum，为真空Vacuum之对。）其中一切物质都是接连着的。一个大充实里面有一点变动，全部的物质都要受影响，影响的程度与物体距离的远近成正比例。世界也是如此。每一个人不但直接受他身边亲近的人的影响，并且间接又间接的受距离很远的人的影响。所以世间的交互影响，无论距离远近，都受得着的。所以世界上的人，每人受着全世界一切动作的影响。如果他有周知万物的智慧，他可以在每人的身上看出世间一切施为，无论过去未来都可看得出，在这一个现在里面便有无穷时间空间的影子。"（见*Monadology*第六十一节）这便是有机的世界观。

从这个有机的社会观和有机的世界观上面，便生出我所说的"社会的不朽论"来。我这"社会的不朽论"的大旨是：

> 我这个"小我"不是独立存在的，是和无量数小我有直接或间接的交互关系的，是和社会的全体和世界的全体都有互为影响的关系的，是和社会世界的过去和未来都有因果关系的。种种从前的因，种种现在无数"小我"和无数他种势力所造成的因，都成了我这个"小我"的一部分。我这个"小我"，加上了种种从前的因，又加上了种种现在的因，传递下去，又要造成无数将来的"小我"。这种种过去的"小我"，和种种现在的"小我"，和种种将来无穷的"小我"，一代传一代，一点加一滴；一线相传，连绵不断；一水奔流，滔滔不绝：——这便是一个"大我"。"小我"是会消灭的，"大我"是永远不灭的。"小我"是有死的，

> “大我”是永远不死，永远不朽的。“小我”虽然会死，但是每一个“小我”的一切作为，一切功德罪恶，一切语言行事，无论大小，无论是非，无论善恶，一一都永远留存在那个“大我”之中。那个“大我”，便是古往今来一切“小我”的纪功碑，彰善祠，罪状判决书，孝子慈孙百世不能改的恶谥法。这个“大我”是永远不朽的，故一切“小我”的事业，人格，一举一动，一言一笑，一个念头，一场功劳，一桩罪过，也都永远不朽。这便是社会的不朽，“大我”的不朽。

那边“一座低低的土墙，遮着一个弹三弦的人”。那三弦的声浪，在空间起了无数波澜；那被冲动的空气质点，直接间接冲动无数旁的空气质点；这种波澜，由近而远，至于无穷空间；由现在而将来，由此刹那以至于无量刹那，至于无穷时间——这已是不灭不朽了。那时间，那“低低的土墙”外边来了一位诗人，听见那三弦的声音，忽然起了一个念头；由这一个念头，就成了一首好诗；这首好诗传诵了许多；人人读了这诗，各起种种念头；由这种种念头，更发生无量数的念头，更发生无数的动作，以至于无穷。然而那“低低的土墙”里面那个弹三弦的人又如何知道他所发生的影响呢？

一个生肺病的人在路上偶然吐了一口痰。那口痰被太阳晒干了，化为微尘，被风吹起空中，东西飘散，渐吹渐远，至于无穷时间，至于无穷空间。偶然一部分的病菌被体弱的人呼吸进去便发生肺病，由他一身传染一家，更由一家传染无数人家。如此展转传染，至于无穷空间，至于无穷时间。然而那先前吐痰的人的骨头早已腐烂了，他又如何知道他所种的恶果呢?

一千五六百年前有一个人叫做范缜说了几句话道：“神之于形，犹利之于刀；未闻刀没而利存，岂容形亡而神在？”这几句话在当时受了无数人的攻击。到了宋朝有个司马光把这几句话记在他的《资治通鉴》里。一千五六百年之后，有一个十一岁的小孩子——就是我，看《通鉴》到这几句话，心里受了一大感动，后来便影响了他半生的思想行事。然而那说话的范缜早已死了一千五百年了!

二千六七百年前，在印度地方有一个穷人病死了，没人收尸，尸首暴露在路上，已腐烂了。那边来了一辆车，车上坐着一个王太子，看见了这个腐烂发臭的死人，心中起了一念；由这一念，展转发生无数念。后来那位王太子把王位也抛了，富贵也抛了，父母妻子也抛了，独自去寻思一个解脱生老病死的方法。后来这位王子便成了一个教主，创了一种哲学的宗教，感化了无数人。他的影响势力至今还在；将来即使他的宗教全灭了，他的影响势力终久还存在，以至于无穷。这可是那腐烂发臭的路毙所曾梦想到的吗?

以上不过是略举几件事，说明上文说的“社会的不朽”，“大我的不朽”。这种不朽论，总而言之，只是说个人的一切功德罪恶，一切言语行事，无论大小好坏，一一都留下一些影响在那个“大我”之中，一一都与这永远不朽的“大我”一同永远不朽。

上文我批评那“三不朽论”的三层缺点：（一）只限于极少

数的人，（二）没有消极的裁制，（三）所说“功，德，言”的范围太含糊了。如今所说“社会的不朽”，其实只是把那“三不朽论”的范围更推广了。既然不论事业功德的大小，一切都可不朽，那第一第三两层短处都没有了。冠绝古今的道德功业固可以不朽，那极平常的“庸言庸行”，油盐柴米的琐屑，愚夫愚妇的细事，一言一笑的微细，也都永远不朽。那发见美洲的哥仑布固可以不朽，那些和他同行的水手火头，造船的工人，造罗盘器械的工人，供给他粮食衣服银钱的人，他所读的书的著作家，生他的父母，生他父母的父母祖宗，以及生育训练那些工人商人的父母祖宗，以及他以前和同时的社会，……都永远不朽。社会是有机的组织，那英雄伟人可以不朽，那挑水的，烧饭的，甚至于浴堂里替你擦背的，甚至于每天替你家掏粪倒马桶的，也都永远不朽。至于那第二层缺点，也可免去。如今说立德不朽，行恶也不朽；立功不朽，犯罪也不朽；“流芳百世”不朽，“遗臭万年”也不朽；功德盖世固是不朽的善因，吐一口痰也有不朽的恶果。我的朋友李守常先生说得好：“稍一失脚，必致遗留层层罪恶种子于未来无量的人，即未来无量的我，——永不能消除，永不能忏悔。”这就是消极的裁制了。

中国儒家的宗教提出一个父母的观念和一个祖先的观念，来做人生一切行为的裁制力。所以说，“一出言而不敢忘父母，一举足而不敢忘父母”。父母死后，又用丧礼祭礼等等见神见鬼的方法，时刻提醒这种人生行为的裁制力。所以又说，“斋明盛服，以承祭祀，洋洋乎如在其上，如在其左右”。又说，“斋三日，则见其所为斋者；祭之日，入室，僾然必有见乎其位；周还出户，肃然必有闻乎其容声；出户而听，忾然必有闻乎其叹息之声”。这都是“神道设教”，见神见鬼的手段。这种宗教的手段在今日是不中用了。还有那种“默示”的宗教，神权的宗教，崇拜偶像的宗教，在我们心里也不能发生效力，不能裁制我们一生的行为。以我个人看来，这种“社会的不朽”观念很可以做我的宗教了。我的宗教的教旨是：

> 我这个现在的“小我”，对于那永远不朽的“大我”的无穷过去，须负重大的责任；对于那永远不朽的“大我”的无穷未来，也须负重大的责任。我须要时时想着，我应该如何努力利用现在的“小我”，方才可以不（孤）〔辜〕负了那“大我”的无穷过去，方才可以不遗害那“大我”的无穷未来？

民国八年二月十九日稿

（附注）这一篇和本志四卷二号陈独秀先生的《人（活）〔生〕真义》，陶孟和先生的《新青年之新道德》，四卷四号李守常先生的《今》大旨都相同。这四篇差不多可算是代表新青年的人生观的文字。读者可以参看。（适）

补白：

种种从前都成今我，

莫更思量更莫哀。

从今后，

要那么收果，先那么栽

（二年前旧作）

（原载于1919年2月《新青年》第6卷第6号，署名胡适。）

贞操问题

一

周作人先生所译的日本与谢野晶子的《贞操论》（《本报》四卷五号），我读了很有感触。这个问题，在世界上受了几千年无意识的迷信，到近几十年中，方才有些西洋学者正式讨论这问题的真意义。文学家如易卜生的《群鬼》和Thomas Hardy的《苔史》（*Tess of the D'arberilles*）都带着讨论这个问题。如今家庭专制最利害的日本居然也有这样大胆的议论！这是东方文明史一件极可贺的事。

当周先生翻译这篇文字的时候，北京一家狠有价值的报纸登出一篇恰相反的文章。这篇文章是海宁朱尔迈的《会葬唐烈妇记》（七月二十三四日北京《中华新报》）。上半篇写唐烈妇之死如下：

> 唐烈妇之死，所阅灰（永）〔水〕，钱卤，投河，雉经者五，前后绝食者三；又益之以砒霜，则其亲试乎杀人之方者凡九。自除夕上溯其夫亡之夕，凡九十有八日。夫以九死之惨毒，又历九十八日之长，非所称百挫千折有进而无退者

乎？……

下文又借出一件“俞氏女守节”的事来替唐烈妇作陪衬：

> 女年十九，受海盐张氏聘，未于归，夫夭，女即绝食七日；家人劝之力，始进糜曰，“吾即生，必至张氏，宁服丧三年，然后归报地下”。

最妙的是朱尔迈的论断：

> 嗟乎，俞氏女盖闻烈妇之风而兴起者乎？……俞氏女果能死于绝食七日之内，岂不甚幸？乃为家阻之，俞氏女亦以三年为己任，余正恐三年之间，凡一千八十日有奇，非如烈妇之九十八日也。且绝食之后，其家人防之者百端，……虽有死之志，而无死之间，可奈何？烈妇倘能阴相之以成其节，风化所关，猗欤盛矣！

这种议论检直是全无心肝的贞操论。俞氏女还不曾出嫁，不过因为信了那种荒谬的贞操迷信，想做那“青史上留名的事”，所以绝食寻死，想做烈女。这位朱先生要维持风化，所以忍心害理的巴望那位烈妇的英灵来帮助俞氏女赶快死了，“岂不甚幸”！这种议论可算得贞操迷信的极端代表。《儒林外史》里面的王玉辉看他女儿殉夫死了，不但不哀痛，反仰天大笑道：“死得好！死得好！”（五十二回）王玉辉的女儿殉已嫁之夫，尚在情理之中。王玉辉自己“生这女儿为伦纪生色”，他看他女儿死了反觉高兴，已不在情理之中了。至于这位朱先生巴望别人家的女儿替他未婚夫做烈女，说出那种“猗欤盛哉”的全无心肝的话，可不是贞操迷信的极端代表吗?

贞操问题之中，第一无道理的，便是这个替未婚夫守节和殉烈的风俗。在文明国里，男女用自由意志，由高尚的恋爱，订了婚约，有时男的或女的不幸死了，剩下的那一个因为生时爱情太深，故情愿不再婚嫁。这是合情理的事。若在婚姻不自由之国，男女订婚以后，女的还不知男的面长面短，有何情爱可言？不料竟有一种陋儒，用“青史上留名的事”来鼓励无知女儿做烈女，“为伦纪生色”，“风化所关，猗欤盛矣！”我以为我们今日若要作具体的贞操论，第一步就该反对这种忍心害理的烈女论，要渐渐养成一种舆论，不但不把这种行为看作“猗欤盛矣”可旌表褒扬的事，还要公认这是不合人情，不合天理的罪恶；还要公认劝人做烈女，罪等于故意杀人。

这不过是贞操问题的一方面。这个问题的真相，已经与谢野晶子说得狠明白了。他提出几个疑问，内中有一条是：“贞操是否单是女子必要的道德，还是男女都必要的呢？”这个疑问，在中国更为重要。中国的男子要他们的妻子替他们守贞守节，他们自己却公然嫖妓，公然纳妾，公然“吊膀子”。再嫁的妇人在社会上几乎没有社交的资格；再婚的男子，多妻的男子，却一毫不损失他们的身分。这不是最不平等的事吗？怪不得古人要请“周婆制礼”来补救“周公制礼”的不平等了。

我不是说，因为男子嫖妓，女子便该偷汉；也不是说，因为老爷有姨太太，太太便该有姨老爷。我说的是，男子嫖妓，与妇人偷汉，犯的是同等的罪恶；老爷纳妾，与太太偷人，犯的也是同等的罪恶。

为什么呢？因为贞操不是个人的事，乃是人对人的事；不是一方面的事，乃是双方面的事。女子尊重男子的爱情，心思专一，不肯再爱别人，这就是贞操。贞操是一个“人”对别一个“人”的一种态度。因为如此，男子对于女子，也该有同等的态度。若男子不能照样还敬，他就是不配受这种贞操的待遇。这并不是外国进口的妖言，这乃是孔丘说的“已所不欲，勿施于人”。孔丘说：

> 君子之道四，丘未能一焉：所求乎子以事父，未能也；所求乎臣以事君，未能也；所求乎弟以事兄，未能也；所求乎朋友，先施之，未能也。

孔丘五伦之中，只说了四伦，未免有点欠缺。他理该加上一句道：

> 所求乎吾妇，先施之，未能也。

这才是大公无私的圣人之道！

二

我这篇文字刚才做完，又在上海报上看见陈烈女殉夫的事。今先记此事大略如下：

> 陈烈女名宛珍，绍兴县人，三世居上海。年十七，字王远甫之子菁士。菁士于本年三月廿三日病死，年十八岁。陈女闻死耗，即沐浴更衣，潜自仰药。其家人觉察，仓皇施救，已无及。女乃泫然曰："儿志早决，生虽未获见夫，殁或相从地下……"言讫，遂死，死时距其未婚夫之死仅三时而已。（此据上海绍兴同乡会所出征文启。）

过了两天，又见上海县知事呈江苏省长请予褒扬的呈文，中说：

> 呈为陈烈女行实可风，造册具书证明，请予按例褒扬事。……（事实略）……兹据呈称……并开具事实，附送褒扬费银六元前来。……知事复查无异。除先给予"贞烈可风"匾额，以资旌表外，谨援《褒扬条例》……之规定，造具清册，并附证明书，连同褒扬费一并备文呈送，仰祈鉴核，俯赐咨行内务部将陈烈女按例褒扬，实为德便事。

我读了这篇呈文，方才知道我们中华民国居然还有什么《褒扬条例》。于是我把那些条例寻来一看，只见第一条九种可褒扬的行谊的第二款便是"妇女节烈贞操可以风世者"；第七款是"著述书籍，制造器用，于学术技艺或发明或改良之功者"；第九款是"年逾百岁者"！一个人偶然活到了一百岁，居然也可以与学术技艺上的著作发明享受同等的褒扬！这已是不伦不类可笑得狠了。再看那条例《施行细则》解释第一条第二款的"妇女节烈贞操可以风世者”如下：

> 第二条：《褒扬条例》第一条第二款所称之“节”妇，其守节年限自三十岁以前守节至五十岁以后者。但年未五十而身故，其守节已及六年者同。
>
> 第三条：同条款所称之“烈”妇“烈”女，凡遇强暴不从致死或羞忿自尽，及夫亡殉节者，属之。
>
> 第四条：同条款所称之“贞”女，守贞年限与节妇同。其在夫家守贞身故，及未符年例而身故者，亦属之。

以上各条乃是中国（操贞）〔贞操〕问题的中心点。（弟）〔第〕二条褒扬“自三十岁以前守节至五十岁以后”的节妇，是中国法律明明认三十岁以下的寡妇不该再嫁；再嫁为不道德。第三条褒扬“夫亡殉节”的烈妇烈女，是中国法律明明鼓励妇人自杀以殉夫；明明鼓励未嫁女子自杀以殉未嫁之夫。第四条褒扬未嫁女子替未婚亡夫守贞二十年以上，是中国法律明明说未嫁而丧夫的女子不该再嫁人；再嫁便是不道德。

这是中国法律对于贞操问题的规定。

依我个人的意思看来，这三种规定都没有成立的理由。

第一，寡妇再嫁问题。这全是一个个人问题。妇人若是对她已死的丈夫真有割不断的情义，她自己不忍再嫁；或是已有了孩子，不肯再嫁；或是年纪已大，不能再嫁；或是家道殷实，不愁衣食，不必再嫁——妇人处于这种境地，自然守节不嫁。还有一些妇人，对她丈夫，或有怨心，或无恩意，年纪又轻，不肯抛弃人生正当的家庭快乐；或是没有儿女，家又贫苦，不能度日；——妇人处于这种境遇没有守节的理由，为个人计，为社会计，为人道计，都该劝她改嫁。贞操乃是夫妇相待的一种态度。夫妇之间爱情深了，恩谊厚了，无论谁生谁死，无论生时死后，都不忍把这爱情移于别人，这便是贞操。夫妻之间若没有爱情恩意，即没有贞操可说。若不问夫妇之间有无可以永久不变的爱情，若不问做丈夫的配不配受他妻子的（操贞）〔贞操〕，只晓得主张做妻子的总该替她丈夫守节；这是一偏的贞操论，这是不合人情公理的伦理。再者，贞操的道德，"照各人境遇体质的不同，有时能守，有时不能守；在甲能守，在乙不能守"（用与谢野晶子的话）。若不问个人的境遇体质，只晓得说"忠臣不事二君，烈女不更二夫"；只晓得说"饿死事极小，失节事极大"（用程子语）；这是忍心害理，男子专制的贞操论。——以上所说，大旨只要指出寡妇应否再嫁全是个人问题，有个人恩情上，体质上，家计上种种不同的理由，不可偏于一方面主张不近情理的守节。因为如此，故我极端反对国家用法律的规定来褒扬守节不嫁的寡妇。褒扬守节的寡妇，即是说寡妇再嫁为不道德，即是主张一偏的贞操论。法律既不能断定寡妇再嫁为不道德，即不该褒扬不嫁的寡妇。

第二，烈妇殉夫问题。寡妇守节最正当的理由是夫妇间的爱情。妇人殉夫最正当的理由也是夫妇间的爱情。爱情深了，生离尚且不能堪，何况死别。再加以宗教的迷信，以为死后可以夫妇团圆。因此有许多妇人，夫死之后，情愿杀身从夫于地下。这个不属于贞操问题。但我以为无论如何，这也是个人恩爱问题，应由个人自由意志去决定。无论如何，法律总不该正式褒扬妇人自杀殉夫的举动。一来呢，殉夫既由于个人的恩爱，何须用法律来褒扬鼓励？二来呢，殉夫若由于死后团圆的迷信，更不该有法律的褒扬了。三来呢，若用法律来褒扬殉夫的烈妇，有一些好名的妇人，便要借此博一个“青史留名”；是法律的褒扬反发生一种沽名钓誉，作伪不诚的行为了！

第三，贞女烈女问题。未嫁而夫死的女子，守贞不嫁的，是“贞女”；杀身殉夫的是“烈女”。我上文说过，夫妇之间若没有恩爱，即没有贞操可说。依此看来，那未嫁的女子，对于她丈夫有何恩爱？既无恩爱，更有何贞操可守？我说到这里，有个朋友驳我道，“这话别人说了还可，胡适之可不该说这话。为什么呢？你自己曾做过一首诗，诗里有一段道：

> 我不认得他，他不认得我，我却常念他，这是为什么？
> 岂不因我们，分定常相亲？由分生情意，所以非路人。
> 海外土生子，生不识故里，终有故乡情，其理亦如此。

依你这诗的理论看来，岂不是已订婚而未嫁娶的男女因为名分已定，也会有一种情意。既有了情意，自然发生贞操问题。你如今又说未婚嫁的男女没有恩爱，故也没有贞操可说，可不是自相矛盾吗？”

我听了这番驳论，几乎开口不得。想了一想，我才回答道：我那首诗所说名分上发生的情意，自然是有的；若没有那种名分上的情意，中国的旧式婚姻决不能存在。如旧日女子听人说他未婚夫的事，即面红害羞，即留神注意，可见他对他未婚夫实有这种名分上所发生的情谊。但这种情谊完全属于理想的。这种理想的情谊往往因实际上的反证，遂完全消灭。如女子悬想一个可爱的丈夫，及到嫁时，只见一个极下流不堪的男子，她如何能坚持那从前理想中的情谊呢？我承认名分可以发生一种情谊，我并且希望一切名分都能发生相当的情谊。但这种理想的情谊，依我看来实在不够发生终身不嫁的贞操，更不够发生杀身殉夫的节烈。即使我更让一步，承认中国有些女子，例如吴趼人《恨海》里那个浪子的聘妻，深中了圣贤经传的毒，由名分上真能生出极浓挚的情谊，无论她未婚夫如何淫荡，人格如何堕落，依旧贞一不变。试问我们在这个文明时代，是否应该赞成提倡这种盲从的贞操？这种盲从的贞操，只值得一句"其愚不可及也"的评论，却不值得法律的褒扬。法律既许未嫁的女子夫死再嫁，便不该褒扬处女守贞。至于法律褒扬无辜女子自杀以殉不曾见面的丈夫，那更是男子专制时代的风俗，不该存在于现今的世界。

总而言之，我对于中国人的贞操问题，有三层意见。第一，这个问题，从前的人都看作"天经地义"，一味盲从，全不研究"贞操"两字究竟有何意义。我们生在今日，无论提倡何种道德，总该想想那种道德的真意义是什么。墨子说得好：

> 子墨子问于儒者曰，"何故为乐？"曰，"乐以为乐也。"子墨子曰，"子未我应也。今我问曰，'何故为室？'曰，'冬避寒焉，夏避暑焉，室以为男女之别也'，则子告我为室之故矣。今我问曰，'何故为乐？'曰，'乐

以为乐也。’是犹曰，‘何故为室？’曰，‘室以为室也。’”（《公孟》篇）

今试问人“贞操是什么？”或“为什么你褒扬贞操？”他一定回答道，“贞操就是贞操。我因为这是贞操，故褒扬他”。这种“室以为室也”的论理，便是今日道德思想宣告破产的证据。故我做这篇文字的第一个主意只是要大家知道“贞操”这个问题并不是“天经地义”，是可以澈底研究，可以反复讨论的。

第二，我以为贞操是男女相待的一种态度；乃是双方交互的道德，不是偏于女子一方面的。由这个前提，便生出几条引申的意见：（一）男子对于女子，丈夫对于妻子，也应有贞操的态度。（二）男子做不贞操的行为，如嫖妓娶妾之类，社会上应该用对待不贞妇女的态度来对待他。（三）妇女对于无贞操的丈夫，没有守贞操的责任。（四）社会法律既不认嫖妓纳妾为不道德，便不该褒扬女子的“节烈贞操”。

第三，我绝对的反对褒扬贞操的法律。我的理由是：（一）贞操既是个人男女双方对待的一种态度，诚意的贞操是完全自动的道德，不容有外部的干涉，不须有法律的提倡。（二）若用法律的褒扬为提倡贞操的方法，势必至造成许多沽名钓誉，不诚实，无意识的贞操举动。（三）在现代社会，许多贞操问题，如寡妇再嫁，处女守贞等之问题的是非得失，却都还有讨论余地，法律不当以武断的态度制定褒贬的规条。（四）法律既不奖励男子的贞操，又不惩男子的不贞操，便不该单独提倡女子的贞操。

（五）以近世人道主义的眼光看来，褒扬烈妇烈女杀身殉夫，都是野蛮残忍的法律，这种法律，在今日没有存在的地位。

民国七年七月。

（原载于1918年7月《新青年》第5卷第1号，署名胡适。）

名　教

中国是个没有宗教的国家，中国人是个不迷信宗教的民族。——这是近年来几个学者的结论。有些人听了很洋洋得意，因为他们觉得不迷信宗教是一件光荣的事。有些人听了要做愁眉苦脸，因为他们觉得一个民族没有宗教是要堕落的。

于今好了。得意的也不可太得意了，懊恼的也不必懊恼了。因为我们新发现中国不是没有宗教的：我们中国有一个很伟大的宗教。

孔教早倒霉了，佛教早衰亡了，道教也早冷落了。然而我们却还有我们的宗教。这个宗教是什么教呢？提起此教，大大有名，他就叫做“名教”。

名教信仰什么？信仰“名”。

名教崇拜什么？崇拜“名”。

名教的信条只有一条：“信仰名的万能。”

“名”是什么？这一问似乎要做点考据。《论语》里孔子说，“必也正名乎”，郑玄注：

正名，谓正书字也。古者曰名，今世曰字。

《仪礼·聘礼》注：

> **名，书文也。今谓之字。**

《周礼·大行人》下注：

> **书名，书文字也。古曰名。**

《周礼·外史》下注：

> **古曰名，今曰字。**

《仪礼·聘礼》的释文说：

> **名，谓文字也。**

总括起来，“名”即是文字，即是写的字。

“名教”便是崇拜写的文字的宗教；便是信仰写的字有神力，有魔力的宗教。

这个宗教，我们信仰了几千年，却不自觉我们有这样一个伟大宗教。不自觉的缘故正是因为这个宗教太伟大了，无往不在，无所不包，就如同空气一样，我们日日夜夜在空气里生活，竟不觉得空气的存在了。

现在科学进步了，便有好事的科学家去分析空气是什么，便也有好事的学者去分析这个伟大的名教。

民国十五年有位冯友兰先生发表一篇很精辟的《名教之分析》（《现代评论》第二周年纪念增刊，页一九四— 一九六）。冯先生指出“名教”便是崇拜名词的宗教，是崇拜名词所代表的概念的宗教。

冯先生所分析的还只是上流社会和智识阶级所奉的“名教”，它的势力虽然也很伟大，还算不得“名教”的最重要部分。

这两年来，有位江绍原先生在他的“礼部”职司的范围内，发现了不少有趣味的材料，陆续在《语丝》，《贡献》几种杂志上发表。他同他的朋友们收的材料是细大不捐，雅俗无别的；所以他们的材料使我们渐渐明白我们中国民族崇奉的“名教”是个什么样子。

究竟我们这个贵教是个什么样子呢？且听我慢慢道来。

先从一个小孩生下地说起。古时小孩生下地之后，要请一位专门术家来听小孩的哭声，声中某律，然后取名字。（看江绍原《小品》百六八，《贡献》第八期，页二四。）现在的民间变简单了，只请一个算命的，排排八字，看他缺少五行之中的那一行。若缺水，便取个水旁的名字；若缺金，便取个金旁的名。若缺火又缺土的，我们徽州人便取个“灶”字。名字可以补气禀的缺陷。

小孩命若不好，便把他“寄名”在观音菩萨的座前，取个和尚式的“法名”，便可以无灾无难了。

小孩若爱啼啼哭哭，睡不安宁，便写一张字帖，贴在行人小便的处所，上写着：

天皇皇，地皇皇，我家有个夜哭郎。过路君子念一遍，一夜睡到大天光。

文字的神力真不少。

小孩跌了一交，受了惊骇，那是骇掉了“魂”了，须得“叫魂”。魂怎么叫呢？到那跌交的地方，撒把米，高叫小孩子的名字。一路叫回家。叫名便是叫魂了。

小孩渐渐长大了，在村学堂同人打架，打输了，心里恨不过，便拿一条柴炭，在墙上写着诅咒他的仇人的标语：“王阿三热病打死。”他写了几遍，心上的气便平了。

他的母亲也是这样。她受了隔壁王七嫂的气，便拿一把菜刀，在刀板上剁，一面剁，一面喊“王七老婆”的名字，这便等于刮剁王七嫂了。

他的父亲也是“名教”的信徒。他受了王七哥的气，打又打他不过，只好破口骂他，骂他的爹妈，骂他的妹子，骂他的祖宗十八代。骂了便算出了气了。

据江绍原先生的考察，现在这一家人都大进步了。小孩在墙上会写“打倒阿毛”了。他妈也会喊“打倒周小妹”了。他爸爸也会贴“打倒王庆来”了。（《贡献》九期，江绍原《小品》百七八。）

他家里人口不平安，有病的，有死的。这也有好法子。请个道士来，画几道符，大门上贴一张，房门上贴一张，毛厕上也贴一张，病鬼便都跑掉了，再不敢进门了。画符自然是“名教”的重要方法。

死了的人又怎么办呢？请一班和尚来，念几卷经，便可以超度死者了。念经自然也是“名教”的重要方法。符是文字，经是文字，都有不可思议的神力。

死了人，要“点主”。把神主牌写好，把那“主”字上头的一点空着，请一位乡绅来点主。把一只雄鸡头上的鸡冠切破，那位赵乡绅把朱笔蘸饱了鸡冠血，点上“主”字。从此死者灵魂遂凭依在神主牌上了。

吊丧须用挽联，贺婚贺寿须用贺联；讲究的送幛子，更讲究的送祭文寿序，都是文字，都是“名教”的一部分。

豆腐店的老板梦想发大财，也有法子。请村口王老师写副门联：“生意兴隆通四海，财源茂盛达三江。”这也可以过发财的瘾了。

赵乡绅也有他的梦想，所以他也写副门联：“总集福荫，备致嘉祥。”

王老师虽是不通，虽是下流，但他也得写一副门联：“文章华国，忠孝传家。”

豆腐店老板心里还不很满足，又去请王老师替他写一个大红春帖：“对我生财”，贴在对面墙上，于是他的宝号就发财的样子十足了。

王老师去年的家运不大好，所以他今年元旦起来，拜了天地，洗净手，拿起笔来，写个红帖子：“戊辰发笔，添丁进财。”他今年一定时运大来了。

父母祖先的名字是要避讳的。古时候，父名晋，儿子不得应进士考试。现在宽的多了，但避讳的风俗还存在一般社会里。皇帝的名字现在不避讳了。但孙中山死后，“中山”尽管可用作学校地方或货品的名称，“孙文”便很少人用了；忠实同志都应该称他为“先总理”。

南京有一个大学，为了改校名，闹了好几次大风潮，有一次竟把校名牌子抬了送到大学院去。

北京下来之后，名教的信徒又大忙了。北京已改做“北平”了；今天又有人提议改南京做“中京”了。还有人郑重提议“故宫博物馆”应该改作“废宫博物院”。将来这样大改革的事业正多呢。

前不多时，南京的《京报附刊》的画报上有一张照片，标题是“军事委员会政治训练部宣传处艺术科写标语之忙碌”。图上是五六个中山装的青年忙着写标语；桌上，椅背上，地板上，满铺着写好了的标语，有大字，有小字，有长句，有短句。

这不过是“写”的一部分工作；还有拟标语的，有讨论审定标语的，还有贴标语的。

五月初济南事件发生以后，我时时往来淞沪铁路上，每一次四十分钟的旅行所见的标语总在一千张以上；出标语的机关至少总在七八十个以上。有写着“枪毙田中义一”的，有写着“活埋田中义一”的，有写着“杀尽矮贼”而把“矮贼”两字倒转来写，如报纸上寻人广告倒写的“人”字一样。“人”字倒写，人就会回来了；“矮贼”倒写，矮贼也就算打倒了。

现在我们中国已成了口号标语的世界。有人说，这都是从苏俄学来的法子。这是很冤枉的。我前年在莫斯科住了三天，就没有看见墙上有一张标语。标语是道地的国货，是“名教”国家的祖传法宝。

试问墙上贴一张“打倒帝国主义”，同墙上贴一张“对我生财”或“抬头见喜”，有什么分别？是不是一个师父传授的衣钵？

试问墙上贴一张“活埋田中义一”，同小孩子贴一张“雷打王阿毛”，有什么分别？是不是一个师父传授的法宝？

试问“打倒唐生智”“打倒汪精卫”，同王阿毛贴的“阿发黄病打死”，有什么分别？王阿毛尽够做老师了，何须远学莫斯科呢？

自然，在党国领袖的心目中，口号标语是一种宣传的方法，政治的武器。但在中小学生的心里，在第九十九师十五连第三排的政治部人员的心里，口号标语便不过是一种出气泄愤的法子罢了。如果“打倒帝国主义”是标语，那么，第十区的第七小学为什么不可贴“杀尽矮贼”的标语呢？如果“打倒汪精卫”是正当的标语，那么“活埋田中义一”为什么不是正当的标语呢？

如果多贴几张“打倒汪精卫”可以有效果，那么，你何以见得多贴几张“活埋田中义一”不会使田中义一打个寒噤呢？

故从历史考据的眼光看来，口号标语正是“名教”的正传嫡派。因为在绝大多数人的心里，墙上贴一张“国民政府是为全民谋幸福的政府”正等于门上写一条“姜太公在此”，有灵则两者都应该有灵，无效则两者同为废纸而已。

我们试问，为什么豆腐店的张老板要在对门墙上贴一张“对我生财”？岂不是因为他天天对着那张纸可以过一点发财的瘾吗？为什么他元旦开门时嘴里要念“元宝滚进来”？岂不是因为他念这句话时心里感觉舒服吗?

要不然，只有另一个说法，只可说是盲从习俗，毫无意义。张老板的祖宗（传）下来每年都贴一张“对我生财”，况且隔壁剃头店门口也贴了一张，所以他不能不照办。

现在大多数喊口号，贴标语的，也不外这两种理由：一是心理上的过瘾，一是无意义的盲从。

少年人抱着一腔热沸的血，无处发泄，只好在墙上大书“打倒卖国贼”，或“打倒日本帝国主义”。写完之后，那二尺见方的大字，那颜鲁公的书法，个个挺出来，好生威武，他自己看着，血也不沸了，气也稍稍平了，心里觉得舒服的多，可以坦然回去休息了。于是他的一腔义愤，不曾收敛回去，在他的行为上与人格上发生有益的影响，却轻轻地发泄在墙头的标语上面了。

这样的发泄感情，比什么都容易，既痛快，又有面子，谁不爱做呢？一回生，二回熟，便成了惯例了，于是“五一”“五三”“五四”“五七”“五九”“六三”……都照样做去：放一天假，开个纪念会，贴无数标语，喊几句口号，就算做了纪念了！

于是月月有纪念，周周做纪念周，墙上处处是标语，人人嘴上有的是口号。于是老祖宗几千年相传的“名教”之道遂大行于今日，而中国遂成了一个“名教”的国家。

我们试进一步，试问，为什么贴一张“雷打王阿毛”或“枪毙田中义一”可以发泄我们的感情，可以出气泄愤呢?

这一问便问到“名教”的哲学上去了。这里面的奥妙无穷，我们现在只能指出几个有趣味的要点。

第一，我们的古代老祖宗深信“名”就是魂，我们至今不知不觉地还逃不了这种古老迷信的影响。“名就是魂”的迷信是世界人类在幼稚时代同有的。埃及人的第八魂就是“名魂”。我们中国古今都有此迷信。《封神演义》上有个张桂芳能够“呼名落马”；他只叫一声，“黄飞虎还不下马，更待何时！”黄飞虎就滚下五色神牛了。不幸张桂芳遇见了哪吒，喊来喊去，哪吒立在风火轮上不滚下来，因为哪吒是莲花化身，没有魂的。《西游记》上有个银角大王，他用一个红葫芦，叫一声“孙行者”，孙行者答应一声，就被装进去了。后来孙行者逃出来，又来挑战，改名做“行者孙”，答应了一声，也就被装了进去！因为有名就有魂了。（参看《贡献》八期，江绍原《小品》百五四。）民间“叫魂”，只是叫名字，因为叫名字就是叫魂了。因为如此，所以小孩在墙上写“鬼捉王阿毛”，便相信鬼真能把阿毛的魂捉去。党部中人制定“打倒汪精卫”的标语，虽未必相信“千夫所指，无病自死”；但那位贴“枪毙田中”的小学生却难保不知不觉地相信他有咒死田中的功用。

第二，我们的古代老祖宗深信“名”（文字）有不可思议的神力，我们也免不了这种迷信的影响。这也是幼稚民族的普通迷信，高等民族也往往不能免除。《西游记》上如来佛写了“唵嘛呢叭咪吽”六个字，便把孙猴子压住了一千年。观音菩萨念一个“唵”字咒语，便有诸神来见。他在孙行者手心写一个“迷”字，就可以引红孩儿去受擒。小说上的神仙妖道作法，总是“口中念念有词”。一切符咒，都是有神力的文字。现在有许多人真相信多贴几张“打倒军阀”的标语便可以打倒张作霖了。他们若不信这种神力，何以不到前线去打仗，却到吴淞镇的公共厕所墙上张贴“打倒张作霖”的标语呢？

第三，我们的古代圣贤也曾提倡一种“理智化”了的“名”的迷信，几千年来深入人心，也是造成“名教”的一种大势力。卫君要请孔子去治国，孔老先生却先要“正名”。他恨极了当时的乱臣贼子，却又“手无斧柯，奈龟山何！”所以他只好做一部《春秋》来褒贬他们，“一字之贬，严于斧钺；一字之褒，荣于华衮”。这种思想便是古代所谓“名分”的观念。尹文子说：

> 善名命善，恶名命恶。故善有善名，恶有恶名。……今亲贤而疏不肖。赏善而罚恶。贤不肖，善恶之名宜在彼；亲疏赏罚之称宜属我。……“名”宜属彼，“分”宜属我。我爱白而憎黑，韵商而舍徵，好膻而恶焦，嗜甘而逆苦。白黑商徵，膻焦甘苦，彼之“名”也。爱憎韵舍，好恶嗜逆，我之“分”也。定此名分，则万事不乱也。

“名”是表物性的，“分”是表我的态度的。善名便引起我爱敬的态度，恶名便引起我厌恨的态度。这叫做“名分”的哲学。“名教”“礼教”便建筑在这种哲学的基础之上。一块石头，变作了贞节牌坊，便可以引无数青年妇女牺牲她们的青春与生命去博礼教先生的一篇铭赞，或志书“列女”门里的一个名字。“贞节”是“名”，羡慕而情愿牺牲，便是“分”。女子的脚裹小了，男子赞为“美”，诗人说是“三寸金莲”，于是几万万的妇女便拼命裹小脚了。“美”与“金莲”是“名”，羡慕而情愿吃苦牺牲，便是“分”。现在人说小脚“不美”，又“不人道”，名变了，分也变了，于是小脚的女子也得塞棉花，充天脚了。——现在的许多标语，大都有个褒贬的用意：宣传便是宣传这褒贬的用意。说某人是“忠实同志”，便是教人“拥护”他。说某人是“军阀”，“土豪劣绅”，“反动”，“反革命”，“老朽昏庸”，便是教人“打倒”他。故“忠实同志”“总理信徒”的名，要引起“拥护”的分。“反动分子”的名，要引起“打倒”的分。故今日墙上的无数“打倒”与“拥护”，其实都是要寓褒贬，定名分。不幸标语用的太滥了，今天要打倒的，明天却又在拥护之列了；今天的忠实同志，明天又变为反革命了。于是打倒不足为辱，而反革命有人竟以为荣。于是“名教”失其作用，只成为墙上的符箓而已。

两千年前，有个九十岁的老头子对汉武帝说：“为治不在多言，顾力行何如耳。”两千年后，我们也要对现在的治国者说：

治国不在口号标语，顾力行何如耳。

一千多年前，有个庞居士，临死时留下两句名言：

但愿空诸所有。
慎勿实诸所无。

“实诸所无”，如“鬼”本是没有的，不幸古代的浑人造出“鬼”名，更造出“无常鬼”，“大头鬼”，“吊死鬼”等等名，于是人的心里便像煞真有鬼了。我们对于现在的治国者，也想说：

但愿实诸所有。

慎勿实诸所无。

末了，我们也学时髦，编两句口号：

打倒名教！

名教扫地，中国有望！

十七，七，二。

关于“名”的迷信，除江绍原冯友兰的文章之外，可参考Ogden and Richards：*Meaning of Meaning*，*Chapter* Ⅱ. Congbeare：*Myth*，*Magic*，*and Morals*，*Chapter* 13.

（原载于1928年7月《新月》第1卷第5号，署名胡适。）

写在孔子诞辰纪念之后

我们家乡有句俗话说："做戏无法，出个菩萨。"编戏的人遇到了无法转变的情节，往往请出一个观音菩萨来解围救急。这两年来，中国人受了外患的刺激，颇有点手忙脚乱的情形，也就不免走上了"做戏无法，出个菩萨"的一条路。这本是人之常情。西洋文学批评史也有deus ex machina的话，译出来也可说，"解围无计，出个上帝"。本年五月里美国奇旱，报纸上也曾登出旱区妇女孩子跪着祈祷求雨的照片。这都是穷愁呼天的常情，其可怜可恕，和今年我们国内许多请张天师求雨或请班禅喇嘛消灾的人，是一样的。

这种心理，在一般愚夫愚妇的行为上表现出来，是可怜而可恕的；但在一个现代政府的政令上表现出来，是可怜而不可恕的。现代政府的责任在于充分运用现代科学的正确智识，消极的防患除弊，积极的兴利惠民。这都是一点一滴的工作，一尺一步的旅程，这里面绝对没有一条捷径可以偷渡。然而我们观察近年我们当政的领袖，好像都不免有一种"做戏无法，出个菩萨"的心理，想寻求一条救国的捷径，想用最简单的方法做到一种复兴的灵迹。最近政府忽然手忙脚乱的恢复了纪念孔子诞辰的典礼，很匆遽的颁布了礼节的规定。八月廿七日，全国都奉命举行了这个孔诞纪念的大典。在每年许多个先烈纪念日之中加上一个孔子诞辰的纪念日，本来不值得我们的诧异。然而政府中人说这是“倡导国民培养精神上之人格”的方法；舆论界的一位领袖也说：“有此一举，诚足以奋起国民之精神，恢复民族的自信。”难道世间真有这样简便的捷径吗?

我们当然赞成“培养精神上之人格”，“奋起国民之精神，恢复民族的自信”。但是古人也曾说过：“礼乐所由起，百年积德而后可兴也。”国民的精神，民族的信心，也是这样的；他的颓废不是一朝一夕之故，他的复兴也不是虚文口号所能做到的。“洙水桥前，大成殿上，多士济济，肃穆趋跄”（用八月廿七日《大公报》社论中语）；四方城市里，政客军人也都率领着官吏士民，济济跄跄的行礼，堂堂皇皇的演说，——礼成祭毕，纷纷而散，假期是添了一日，口号是添了二十句，演讲词是多出了几篇，官吏学生是多跑了一趟，然在精神的人格与民族的自信上，究竟有丝毫的影响吗?

那一天《大公报》的社论曾有这样一段议论：

> 最近二十年，世变弥烈，人欲横流，功利思想如水趋壑，不特仁义之说为俗诽笑，即人禽之判亦几以不明，民族的自尊心与自信力既已荡然无存，不待外侮之来，国家固早已濒于精神幻灭之域。

如果这种诊断是对的，那么，我们的民族病不过起于“最近二十年”，这样浅的病根，应该是很容易医治的了。可惜我们平日敬重的这位天津同业先生未免错读历史了。《官场现形记》和《二十年目睹之怪现状》描写的社会政治情形，不是中国的实情吗？是不是我们得把病情移前三十年呢？《品花宝鉴》以至《金瓶梅》描写的也不是中国的社会政治吗？这样一来，又得挪上三五百年了。那些时代，孔子是年年祭的，《论语》《孝经》《大学》是村学儿童人人读的，还有士大夫讲理学的风气哩！究竟那每年"洙水桥前，大成殿上，多士济济，肃穆趋跄"，曾何补于当时的惨酷的社会，贪污的政治？

我们回想到我们三十年前在村学堂读书的时候，每年开学是要向孔夫子叩头礼拜的；每天放学，拿了先生批点过的习字，是要向中堂（不一定有孔子像）拜揖然后回家的。至今回想起来，那个时代的人情风尚也未见得比现在高多少。在许多方面，我们还可以确定的说："最近二十年"比那个拜孔夫子的时代高明的多多了。这二三十年中，我们废除了三千年的太监，一千年的小脚，六百年的八股，四五百年的男娼，五千年的酷刑，这都没有借重孔子的力量。八月廿七那一天汪精卫先生在中央党部演说，也指出"孔子没有反对纳妾，没有反对蓄奴婢；如今呢，纳妾蓄奴婢，虐待之固是罪恶，善待之亦是罪恶，根本纳妾蓄奴婢便是罪恶"。汪先生的解说是："仁是万古不易的，而仁的内容与条件是与时俱进的。"这样的解说毕竟不能抹煞历史的事实。事实是"最近"几年中，丝毫没有借重孔夫子，而我们的道德观念已进化到承认"根本纳妾蓄奴婢便是罪恶"了。

平心说来，"最近二十年"是中国进步最速的时代；无论在智识上，道德上，国民精神上，国民人格上，社会风俗上，政治组织上，民族自信力上，这二十年的进步都可以说是超过以前的任何时代。这时期中自然也有不少的怪现状的暴露，劣根性的表现，然而种种缺陷都不能减损这二十年的总进步的净赢余。这里不是我们专论这个大问题的地方。但我们可以指出这个总进步的几个大项目：

第一，帝制的推翻，而几千年托庇在专制帝王之下的城狐社鼠——一切妃嫔，太监，贵胄，吏胥，捐纳——都跟着倒了。

第二，教育的革新。浅见的人在今日还攻击新教育的失败，但他们若平心想想旧教育是些什么东西，有些什么东西，就可以明白这二三十年的新教育，无论在量上或质上都比三十年前进步至少千百倍了。在消极方面，因旧教育的推倒，八股，骈文，律诗等等谬制都逐渐跟着倒了；在积极方面，新教育虽然还肤浅，然而常识的增加，技能的增加，文字的改革，体育的进步，国家观念的比较普遍，这都是旧教育万不能做到的成绩。（汪精卫先生前天曾说："中国号称以孝治天下，而一开口便侮辱人的母亲，甚至祖宗妹子等。"试问今日受过小学教育的学生还有这种开口骂人妈妈妹子的国粹习惯吗？）

第三，家庭的变化。城市工商业与教育的发展使人口趋向都会，受影响最大的是旧式家庭的奔溃，家庭变小了，父母公婆与族长的专制威风减削了，儿女宣告独立了。在这变化的家庭中，妇女的地位的抬高与婚姻制度的改革是五千年来最重大的变化。

第四，社会风俗的改革。小脚，男娼，酷刑等等，我已屡次说过了。在积极方面，如女子的解放，如婚丧礼俗的新试验，如青年对于体育运动的热心，如新医学及公共卫生的逐渐推行，这都是古代圣哲所不曾梦见的大进步。

第五，政治组织的新试验。这是帝制推翻的积极方面的结果。二十多年的试验虽然还没有做到满意的效果，但在许多方面（如新式的司法，如警察，如军事，如胥吏政治之变为士人政治）都已明白的显出几千年来所未曾有的成绩。不过我们生在这个时代，往往为成见所蔽，不肯承认罢了。单就最近几年来颁行的新民法一项而论，其中含有无数超越古昔的优点，已可说是一个不流血的绝大社会革命了。

这些都是毫无可疑的历史事实，都是“最近二十年”中不曾借重孔夫子而居然做到的伟大的进步。革命的成功就是这些，维新的成绩也就是这些。可怜无数维新志士，革命仁人，他们出了大力，冒了大险，替国家民族在二三十年中做到了这样超越前圣，陵驾百王的大进步，到头来，被几句死书迷了眼睛，见了黑旋风不认得是李逵，反倒唉声叹气，发思古之幽情，痛惜今之不如古，梦想从那“荆棘丛生，檐角倾斜”的大成殿里抬出孔圣人来“卫我宗邦，保我族类”！这岂不是天下古今最可怪笑的愚笨吗？

文章写到这里，有人打岔道：“喂，你别跑野马了。他们要的是‘国民精神上之人格，民族的自信’。在这‘最近二十年’里，这些项目也有进步吗？不借重孔夫子，行吗？”

什么是人格？人格只是已养成的行为习惯的总和。什么是信心？信心只是敢于肯定一个不可知的将来的勇气。在这个时代，新旧势力，中西思潮，四方八面的交攻，都自然会影响到我们这一辈人的行为习惯，所以我们狠难指出某种人格是某一种势力单独造成的。但我们可以毫不迟疑的说：这二三十年中的领袖人才，正因为生活在一个新世界的新潮流里，他们的人格往往比旧时代的人物更伟大；思想更透辟，知识更丰富，气象更开阔，行为更豪放，人格更崇高。试把孙中山来比曾国藩，我们就可以明白这两个世界的代表人物的不同了。在古典文学的成就上，在世故的磨练上，在小心谨慎的行为上，中山先生当然比不上曾文正。然而在见解的大胆，气象的雄伟，行为的勇敢上，那一位理学名臣就远不如这一位革命领袖了。照我这十几年来的观察，凡受这个新世界的新文化的震撼最大的人物，他们的人格都可以上比一切时代的圣贤，不但没有愧色，往往超越前人。老辈中，如高梦旦先生，如张元济先生，如蔡元培先生，如吴稚晖先生，如张伯苓先生；朋辈中，如周诒春先生，如李四光先生，如翁文灏先生，如姜蒋佐先生，他们的人格的崇高可爱敬，在中国古人中真寻不出相当的伦比。这种人格只有这个新时代才能产生，同时又都是能够给这个时代增加光耀的。

我们谈到古人的人格，往往想到岳飞、文天祥和晚明那些死在廷杖下或天牢里的东林忠臣。我们何不想想这二三十年中为了各种革命慷慨杀身的无数志士！那些年年有特别纪念日追悼的人们，我们姑且不论。我们试想想那些为排满革命而死的许多志士，那些为民十五六年的国民革命而死的无数青年，那些前两年中在上海在长城一带为抗日卫国而死的无数青年，那些为民十三年以来的共产革命而死的无数青年，——他们慷慨献身去经营的目标比起东林诸君子的目标来，其伟大真不可比例了。东林诸君子慷慨抗争的是“红丸”、“移宫”、“妖书”等等米米小的问题；而这无数的革命青年慷慨献身去工作的是全民族的解放，整个国家的自由平等，或他们所梦想的全人类社会的自由平等。我们想到了这二十年中为一个主义而从容杀身的无数青年，我们想起了这无数个“杀身成仁”中国青年，我们不能不低下头来向他们致最深的敬礼；我们不能不颂赞这“最近二十年”是中国史上一个精神人格最崇高，民族自信心最坚强的时代。他们把他们的生命都献给了他们的国家和他们的主义，天下还有比这更大的信心吗?

凡是咒诅这个时代为“人欲横流，人禽无别”的人，都是不曾认识这个新时代的人：他们不认识这二十年中国的空前大进步，也不认识这二十年中整千整万的中国少年流的血究竟为的是什么。

可怜的没有信心的老革命党呵！你们要革命，现在革命做到了这二十年的空前大进步，你们反不认得它了。这二十年的一点进步不是孔夫子之赐，是大家努力革命的结果，是大家接受了一个新世界的新文明的结果。只有向前走是有希望的。开倒车是不会有成功的。

你们心眼里最不满意的现状，你们所咒诅的“人欲横流，人禽无别，”——只是任何革命时代所不能避免的一点附产物而已。这种现状的存在，只够证明革命还没有成功，进步还不够。孔圣人是无法帮忙的；开倒车也决不能引你们回到那个本来不存在的“美德造成的黄金世界”的！养个孩子还免不了肚痛，何况改造一个国家，何况改造一个文化？别灰心了，向前走罢！

二十三，九，三夜。

（原载于1934年9月9日《独立评论》第117号，署名胡适。）

赠与今年的大学毕业生

这一两个星期里，各地的大学都有毕业的班次，都有很多的毕业生离开学校去开始他们的成人事业。学生的生活是一种享有特殊优待的生活，不妨幼稚一点，不妨吵吵闹闹，社会都能纵容他们，不肯严格的要他们负行为的责任。现在他们要撑起自己的肩膀来挑他们自己的担子了。在这个国难最紧急的年头，他们的担子真不轻！我们祝他们的成功，同时也不忍不依据我们自己的经验，赠与他们几句送行的赠言，——虽未必是救命毫毛，也许作个防身的锦囊罢？

你们毕业之后，可走的路不出这几条：绝少数的人还可以在国内或国外的研究院继续作学术研究，少数的人可以寻着相当的职业；此外还有做官，办党，革命三条路；此外就是在家享福或者失业闲居了。第一条继续求学之路，我们可以不讨论。走其余几条路的人，都不能没有堕落的危险。堕落的方式很多，总括起来，约有这两大类：

第一是容易抛弃学生时代的求知识的欲望。你们到了实际社会里，往往所用非所学，往往所学全无用处，往往可以完全用不着学问，而一样可以胡乱混饭吃，混官做。在这种环境里，即使向来抱有求知识学问的决心的人，也不免心灰意懒，把求知的欲望渐渐冷淡下去。况且学问是要有相当的设备的：书籍，试验室，师友的切磋指导，闲暇的工夫，都不是一个平常要糊口养家的人所能容易办到的。没有做学问的环境，又谁能怪我们抛弃学问呢？

第二是容易抛弃学生时代的理想的人生的追求。少年人初次与冷酷的社会接触，容易感觉理想与事实相去太远，容易发生悲观和失望。多年怀抱的人生理想，改造的热诚，奋斗的勇气，到此时候，好像全不是那么一回事。眇小的个人在那强烈的社会炉火里，往往经不起长时期的烤炼就镕化了，一点高尚的理想不久就幻灭了。抱着改造社会的梦想而来，往往是弃甲曳兵而走，或者做了恶势力的俘虏。你在那俘虏牢狱里，回想那少年气壮时代的种种理想主义，好像都成了自误误人的迷梦！从此以后，你就甘心放弃理想人生的追求，甘心做现成社会的顺民了。

要防御这两方面的堕落，一面要保持我们求知识的欲望，一面要保持我们对于理想人生的追求，有什么好法子呢？依我个人的观察和经验，有三种防身的药方是值得一试的。

第一个方子只有一句话："总得时时寻一两个值得研究的问题！"问题是知识学问的老祖宗；古今来一切知识的产生与积聚，都是因为要解答问题——要解答实用上的困难或理论上的疑难。所谓"为知识而求知识"，其实也只是一种好奇心追求某种问题的解答，不过因为那种问题的性质不必是直接应用的，人们就觉得这是"无所为"的求知识了。我们出学校之后，离开了做学问的环境，如果没有一个两个值得解答的疑难问题在脑子里盘旋，就很难继续保持追求学问的热心。可是，如果你有了一个真有趣的问题天天逗你去想他，天天引诱你去解决他，天天对你挑衅笑你无可奈何他，——这时候，你就会同恋爱一个女子发了疯一样，坐也坐不下，睡也睡不安，没工夫也得偷出工夫去陪她，没钱也得撙衣节食去巴结她。没有书，你自会变卖家私去买书；没有仪器，你自会典押衣服去置办仪器；没有师友，你自会不远千里去寻师访友。你只要能时时有疑难问题来逼你用脑子，你自然会保持发展你对学问的兴趣，即使在最贫乏的智识环境中，你也会慢慢的聚起一个小图书馆来，或者设置起一所小试验室来。所以我说：第一要寻问题。脑子里没有问题之日，就是你的智识生活寿终正寝之时！古人说，“待文王而兴者，凡民也。若夫豪杰之士，虽无文王犹兴”。试想葛利略（Galileo）和牛敦（Newton）有多少藏书？有多少仪器？他们不过是有问题而已。有了问题而已，他们自会造出仪器来解答他们的问题。没有问题的人们，关在图书馆里也不会用书；锁在试验室里也不会有什么发现。

第二个方子也只有一句话：“总得多发展一点非职业的兴趣。”离开学校之后，大家总得寻个吃饭的职业。可是你寻得的职业未必就是你所学的，或者未必是你所心喜的，或者是你所学而实在和你的性情不相近的。在这种状况之下，工作就往往成了苦工，就不感觉兴趣了。为糊口而作那种非“性之所近而力之所能勉”的工作，就很难保持求知的兴趣和生活的理想主义。最好的救济方法只有多多发展职业以外的正当兴趣与活动。一个人应该有他的职业，又应该有他的非职业的顽艺儿，可以叫做业余活动。凡一个人用他的闲暇来做的事业，都是他的业余活动。往往他的业余活动比他的职业还更重要，因为一个人的前程往往全靠他怎样用他的闲暇时间。他用他的闲暇来打马将，他就成个赌徒；你用你的闲暇来做社会服务，你也许成个社会改革者；或者你用你的闲暇去研究历史，你也许成个史学家。你的闲暇往往定你的终身。英国十九世纪的两个哲人，弥儿（J.S.Mill）终身做东印度公司的秘书，然而他的业余工作使他在哲学上，经济学上，政治思想史上都占一个很高的位置；斯宾塞（Spencer）是一个测量工程师，然而他的业余工作使他成为前世纪晚期世界思想界的一个重镇。古来成大学问的人，几乎没有一个不是善用他的闲暇时间的。特别在这个组织不健全的中国社会，职业不容易适合我们性情，我们要想生活不苦痛或不堕落，只有多方发展业余的兴趣，使我们的精神有所寄托，使我们的剩余精力有所施展。有了这种心爱的顽艺儿，你就做六个钟头的抹桌子工夫也不会感觉烦闷了，因为你知道，抹了六点钟的桌子之后，你可以回家去做你的化学研究，或画完你的大幅山水，或写你的小说戏曲，或继续你的历史考据，或做你的社会改革事业。你有了这种称心如意的活动，生活就不枯寂了，精神也就不会烦闷了。

第三个方子也只有一句话："你总得有一点信心。"我们生当这个不幸的时代，眼中所见，耳中所闻，无非是叫我们悲观失望的。特别是在这个年头毕业的你们，眼见自己的国家民族沉沦到这步田地，眼看世界只是强权的世界，望极天边好像看不见一线的光明，——在这个年头不发狂自杀，已算是万幸了，怎么还能够希望保持一点内心的镇定和理想的信任呢？我要对你们说：这时候正是我们要培养我们的信心的时候！只要我们有信心，我们还有救。古人说：“信心（Faith）可以移山。”又说：“只要工夫深，生铁磨成绣花针。”你不信吗？当拿破仑的军队征服普鲁士占据柏林的时候，有一位穷教授叫做菲希特（Fichte）的，天天在讲堂上劝他的国人要有信心，要信仰他们的民族是有世界的特殊使命的，是必定要复兴的。菲希特死的时候（1814年），谁也不能预料德意志统一帝国何时可以实现。然而不满五十年，新的统一的德意志帝国居然实现了。

一个国家的强弱盛衰，都不是偶然的，都不能逃出因果的铁律的。我们今日所受的苦痛和耻辱，都只是过去种种恶因种下的恶果。我们要收将来的善果，必须努力种现在的新因。一粒一粒的种，必有满仓满屋的收，这是我们今日应该有的信心。

我们要深信：今日的失败，都由于过去的不努力。

我们要深信：今日的努力，必定有将来的大收成。

佛典里有一句话：“福不唐捐。”唐捐就是白白的丢了。我们也应该说：“功不唐捐！”没有一点努力是会白白的丢了的。在我们看不见想不到的时候，在我们看不见想不到的方向，你瞧！你下的种子早已生根发叶开花结果了！

你不信吗？法国被普鲁士打败之后，割了两省地，赔了五十万万佛郎的赔款。这时候有一位刻苦的科学家巴斯德（Pasteur）终日埋头在他的试验室里做他的化学试验和微菌学研究。他是一个最爱国的人，然而他深信只有科学可以救国。他用一生的精力证明了三个科学问题：（1）每一种发酵作用都是由于一种微菌在生物体中的发展；（2）每一种传染病都是由于一种微菌在生物体中的发展；（3）传染病的微菌，在特殊的培养之下，可以减轻毒力，使它从病菌变成防病的药苗。这三个问题，在表面上似乎都和救国大事业没有多大的关系。然而从第一个问题的证明，巴斯德定出做醋酿酒的新法，使全国的酒醋业每年减除极大的损失。从第二个问题的证明，巴斯德教全国的蚕丝业怎样选种防病，教全国的畜牧农家怎样防止牛羊瘟疫，又教全世界的医学界怎样注重消毒以减除外科手术的死亡率。从第三个问题的证明，巴斯德发明了牲畜的脾热瘟的治疗药苗，每年替法国农家减除了二千万佛郎的大损失；又发明了疯狗咬毒的治疗法，救济了无数的生命。所以英国的科学家赫胥黎（Huxley）在皇家学会里称颂巴斯德的功绩道："法国给了德国五十万万佛郎的赔款，巴斯德先生一个人研究科学的成绩足够还清这一笔赔款了。"

巴斯德对于科学有绝大的信心，所以他在国家蒙奇辱大难的时候，终不肯抛弃他的显微镜与试验室。他绝不想他的显微镜底下能偿还五十万万佛郎的赔款，然而在他看不见想不到的时候，他已收获了科学救国的奇迹了。

朋友们，在你最悲观最失望的时候，那正是你必须鼓起坚强的信心的时候。你要深信：天下没有白费的努力。成功不必在我，而功力必不唐捐。

二十一，六，二十七夜。

（原载于1932年7月3日《独立评论》第7号。）

我对于丧礼的改革

去年北京通俗讲演所请我讲演“丧礼改良”，讲演日期定在十一月二十七日。不料到了十一月二十四日，我接到家里的电报，说我的母亲死了。我的讲演还没有开讲，就轮着我自己实行“丧礼改良”了！我们于二十五日赶回南。将动身的时候，有两个学生来见我，他们说：“我们今天过来，一则是送先生起身；二则呢，适之先生向来提倡改良礼俗，现在不幸遭大丧，我们狠盼望先生能把旧礼大大的改革一番。”我谢了他们的好意，就上车走了。

我出京之先，想到家乡印刷不便，故先把讣帖付印。讣帖如下式：

> 先母冯太夫人于中华民国七年十一月二十三日病殁于安徽绩溪上川本宅。敬此讣闻。
>
> 胡觉，胡适谨告

这个讣帖革除了三种陋俗：一是“不孝□□等罪孽深重，不自殒灭，祸延显妣”一派的鬼话。这种鬼话含有儿子有罪连带父母的报应观念，在今日已不能成立；况且现在的人心里本不信这种野蛮的功罪见解，不过因为习惯如此，不能不用，那就是无意识的行为。二是“孤哀子□□等泣血稽颡”的套语。我们在民国礼制之下，已不“稽颡”，更不“泣血”，又何必自欺欺人呢？三是“孤哀子”后面排着那一大群的“降服子”，“齐衰期服孙”，“期”，“大功”，“小功”，等等亲族，和“抆泪稽首”，“拭泪顿首”，等等有“谱”的虚文。这一大群人为什么要在讣闻上占一个位置呢？因为这是古代宗法社会遗传下来的风俗如此。现在我们既然不承认大家族的恶风俗，自然用不着列入这许多名字了。还有那从“泣血稽颡”到“拭泪顿首”一大串的阶级，又是因为什么呢？这是儒家“亲亲之杀”的流毒。因为亲疏有等级，故在纸上写一个“哭”字也要依着分等级的“谱”。我们绝对不承认哭丧是有“谱”的，故把这些有谱的虚文一概删去了。

我在京时，家里电报问“应否先殓”，我复电说“先殓”。我们到家时，已殓了七日了，衣衾棺材都已办好，不能有什么更动。我们徽州的风俗，人家有丧事，家族亲眷都要送锡箔，白纸，香烛；讲究的人家还要送“盘缎”，纸衣帽，纸箱担，等件。锡箔和白纸是家家送的，太多了，烧也烧不完，往往等丧事完了，由丧家打折扣卖给店家。这种糜费，真是无道理。我到家之后，先发一个通告给各处有往来交谊的人家。通告上说：

> 本宅丧事，拟于旧日陋俗略有所改良。倘蒙赐吊，只领香一炷或挽联之类。此外如锡箔，素纸，冥器，盘缎等物，概不敢领，请勿见赐。伏乞鉴原。

这个通告随着讣帖送去，果然发生效力，竟没有一家送那些东西来的。

和尚，道士，自然是不用的了。他们怨我，自不必说。还有几个投机的人，预算我家亲眷狠多，定做冥器盘缎的一定不少，故他们在我们村上新开一个纸扎铺，专做我家的生意。不料我把这东西都废除了，这个新纸扎铺只好关门。

我到家之后，从各位长辈亲戚处访问事实，——因为我去国日久，事实狠模糊了，——做了一篇“先母行述”。我们既不“寝苫”，又不“枕块”，自然不用“苫块昏迷，语无伦次”等等诳语了。“棘人”两字，本来不通，（《诗·桧风·素冠》一篇本不是指三年之丧的，乃是怀人的诗，故有“聊与子同归”，“聊与子如一”的话；素冠素衣也不过是与《曹风》“麻衣如雪”同类的话，未必专指丧服；“棘人”两字，棘训急，训瘠，也不过是“劳人”的意思；这一首狠好的相思诗，被几个腐儒解作一篇丧礼论，真是可恨！）故也不用了。我做这篇“行述”，抱定一个说老实话的宗旨，故不免得罪了许多人。但是得罪了许多人，便是我说老实话的证据。文人做死人的传记，既怕得罪死人，又怕得罪活人，故不能不说谎，说谎便是大不敬。

讣闻出去之后，便是受吊。吊时平常的规矩是：外面击鼓，里面启灵帏，主人男妇举哀，吊客去了，哀便止了。这是作伪的丑态。古人“哀至则哭”，哭岂是为吊客哭的吗？因为人家要用哭来假装“孝”，故有大户人家吊客多了，不能不出钱雇人来代哭，我是一个穷书生，那有钱来雇人代我们哭？所以我受吊的时候，灵帏是开着的，主人在帏里答谢吊客，外面有子侄辈招待客人；哀至即哭，哭不必做出种种假声音，不能哭时，便不哭了，决不为吊客做出举哀的假样子。

再说祭礼。我们徽州是朱子，江慎修，戴东原，胡培翚的故乡，代代有礼学专家，故祭礼最讲究。我做小孩的时候，也不知看了多少次的大祭小祭。祭礼狠繁，每一个祭，总得要两三个钟头；祠堂里春分冬至的大祭，要四五点钟。我少时听见秀才先生们说，他们半夜祭春分冬至，跪着读祖宗谱，一个人一本，读“某某府君，某某孺人”，烛光又不明，天气又冷，石板的地又冰又硬，足足要跪两点钟！他们为了祭包和胙肉，不能不来鬼混念一遍。这还算是宗法社会上一种狠有意味的仪节。最怪的，是人家死了人，一定要请一班秀才先生来做“礼生”，代主人做祭。祭完了，每个礼生可得几尺白布，一条白腰带，还可吃一桌“九碗”或“八大八小”。大户人家，停灵日子长，天天总要热闹，故天天须有一个祭。或是自已家祭，或是亲戚家“送祭”。家祭是今天长子祭，明天少子祭，后天长孙祭……送祭是那些有钱的亲眷，远道不能来，故送钱来托主人代办祭菜，代请礼生。总而言之，那里是祭？不过是做热闹，装面子，摆架子！——那里是祭！

我起初想把祭礼一概废了，全改为“奠”。我的外婆七十多岁了，她眼见一个儿子两个女儿死在她生前，心里实在悲恸，所以她听见我要把祭全废了，便叫人来说，“什么事都可依你，两三个祭是不可少的”。我仔细一想，只好依她，但是祭礼是不能不改的。我改的祭礼有两种：

（1）本族公祭仪节：（族人亲自做礼生）

序立。就位。参灵，三鞠躬。三献。读祭文。（祭文中列来祭的人名，故不可少。）辞灵。礼成。

（2）亲戚公祭。我不要亲戚“送祭”。我把要来祭的亲戚邀在一块，公推主祭者一人，赞礼二人，余人陪祭，一概不请外人作礼生。同时一奠，不用“三献礼”。向来可分七八天的祭，改了新礼，十五分钟就完了。仪节如下：

序立。主祭者就位。陪祭者分列就位。参灵，三鞠躬。读祭文。辞灵。礼成。谢奠。

我以为我这第二种祭礼，狠可以供一般人的采用。祭礼的根据在于深信死人的“灵”还能受享。我们既不信死者能受享，便应该把古代供献死者饮食的祭礼，改为生人对死者表示敬意的祭礼。死者有知无知，另是一个问题。但生人对死者表示敬意，是在情理之中的行为，正不必问死者能不能领会我们的敬意。有人说，“古礼供献酒食，也是表示敬意，也不必问死者能不能饮食”。这却有个区别。古人深信死者之灵真能享用饮食，故先有“降神”，后有“三献”，后有“侑食”，还有“望燎”，还有“举哀”，都是见神见鬼的做作，便带着古宗教的迷信，不单是表示生人的敬意了。

再论出殡。出殡的时候，“铭旌”先行，表示谁家的丧事；次是灵柩，次是主人随柩行，次是送殡者。送殡者之外，没有别样排场执事。主人不必举哀，哀至则哭，哭不必出声。主人穿麻衣，不戴帽，不执哭丧杖，不用草索束腰，但用白布腰带。为什么要穿麻衣呢？我本来想用民国服制，用乙种礼服，袖上蒙黑纱。后来因为来送殡的男人女人都穿白衣，主人不能独穿黑，只好用麻衣，束白腰带。为什么不戴帽呢？因为既不用那种俗礼的高梁孝子冠，一时寻不出相当的帽子，故不如用表示敬意的脱帽法。为什么不用杖呢？因为古人居父母的丧要自己哀毁，要做到"扶而后能起，杖而后能行"的半死样子，故不能不用杖。我们既不能做到那种半死样子，又何必拿那根杖来装门面呢？

我们是聚族而居的，人死了，该送神主人祠。俗礼先有"题主"或"点主"之法，把"神主牌"先请人写好，留着"主"字上的一点。再去请一位阔人来，求他用朱笔蘸了鸡冠血，把"主"字上一点点上。这就是"点主"。点主是丧事里一件最重要的事，因为他是一件最可装面子摆架子的事。你们回想当年袁世凯死后，他的儿子孙子们请徐世昌点主的故事，就可晓得这事的重要了。

那时家里人来问我要请谁点主。我说，用不着点主了。为什么呢？因为古礼但有"请善书者书主"（《朱子家礼》与《温公书仪》同）。这是恐怕自己不会写好字，故请一位写好字的写牌，是郑重其事的意思。后来的人，要借死人来摆架子，故请顶阔的人来题主。但是阔人未必会写字。也许请的是一位督军，连字都不认得。所以主人家先把牌子上的字写好，单留"主"字上的一点，请"大宾"的大笔一点。如此办法，就是不识字的大帅，也会题主了！我不配借我母亲来替我摆架子，不如行古礼罢。所以我请我的老友近仁把牌位连那"主"字上的一点一齐写好。出殡之后把神主送进宗祠，就完了事。

未出殡之前，有人来说，他有一穴好地，葬下去可以包我做到总长。我说，我也看过一些堪舆书，但不曾见那部书上有“总长”二字，还是请他留下那块好地自己用罢。我自己出去，寻了一块坟地，就在先父铁花先生的坟的附近。乡下的人以为我这个“外国翰林”看的风水，一定是极好的地，所以我的母亲葬下之后，不到十天，就有人抬了一口棺材，摆在我母亲坟下的田里。人来对我说，前面的棺材挡住了后面的“气”。我说，气是四方八面都可进来的，没有东西可挡得住，由他挡去罢。

以上记丧事完了。

再论我的丧服。我在北京接到凶电的时候，那有仔细思想的心情？故糊糊涂涂的依着习惯做去，把缎子的皮袍脱了，换上布棉袍，布帽，帽上还换了白结子，又买了一双白鞋。时表上的练子是金的，——镀金的，——故留在北京。眼镜脚也是金的，但是来不及换了，我又不能离开眼镜，只好戴了走。里面的棉袄是绸的，但是来不及改做布的，只好穿了走，好在穿在里面，人看不见！我的马褂袖上还加了一条黑纱。这都是我临走的一天，糊糊涂涂的时候，依着习惯做的事。到了路上，我自己回想，很觉惭愧。何以惭愧呢？因为我这时候用的丧服制度，乃是一种没有道理的大杂凑。白帽结，布袍，布帽，白鞋，是中国从前的旧礼。袖上蒙黑纱是民国元年定的新制。既蒙了黑纱，何必又穿白呢？我为什么不穿皮袍呢？为什么不敢穿绸缎呢？为什么不敢戴金色的东西呢？绸缎的衣服上蒙上黑纱，不仍旧是民国的丧服吗？金的不用了，难道用了银的就更“孝”了吗？

我问了几个“为什么？”自己竟不能回答。我心里自然想着孔子“食夫稻，衣夫锦，于汝安乎”的话，但是我又问：我为什么要听孔子的话？为什么我们现在“食稻”（吃饭）心已安了？为什么“衣锦”便不安呢？仔细想来，我还是脱不了旧风俗的无形的势力，——我还是怕人说话！

但是那时我在路上，赶路要紧，也没有心思去想这些“细事小节”。到家之后，更忙了，便也不曾想到服制上去；丧事里的丧服，上文已说过了。丧事完了之后，我仍旧是布袍，布帽，白帽结，白棉鞋，袖上蒙了一块黑纱。穿惯了，我更不觉得这种不中不西半新半旧的丧服有什么可怪的了。习惯的势力真可怕！

今年四月底，我到上海欢迎杜威先生，过了几天，便是五月七日的上海国民大会。那一天的天气非常的热，诸位大概总还有人记得。我到公共体育场去时，身上穿着布的夹袍，布的夹裤还是绒布里子的，上面套着线缎的马褂。我要听听上海一班演说家，故挤到台前，身上已是汗流遍体。我脱下马褂，听完演说，跟着大队去游街，从西门一直走到大东门，走得我一身衣服从里衣湿透到夹袍子。我回到一家同乡店家，邀了一位同乡带我去买衣服更换，因为我从北京来，不预备久住，故不曾带得单衣服。习惯的势力还在，我自然到石路上小衣店里去寻布衫子，羽纱马褂，布套裤之类。我们寻来寻去，寻不出合用的衣裤，因为我一身湿汗，急于要换衣服，但是布衣服不曾下水是不能穿的。我们走完一条石路，仍旧是空手。我忽然问我自己道：“我为什么一定要买布的衣服？因为我有服在身，穿了绸衣，人家要说话。我为什么怕人家说我的闲话？”我问到这里，自己不能回答。我打定主意，去买绸衣服，买了一件原当的府绸长衫，一件实地纱马褂，一双纱套裤，再借了一身衬衣裤，方才把衣服换了。初换的时候，我心里还想在袖上蒙上一条黑纱。后来我又想：我为什么一定要蒙黑纱呢？因为我丧期没有完。我又想：我为什么一定要守这三年的服制呢？我既不是孔教徒，又向来不赞成儒家的丧制，为什么不敢实行短丧呢？我问到这里，又不能回答了，所以决定主意，实行短丧，袖上就不蒙黑纱了。

我从五月七日起，已不穿丧服了。前后共穿了五个月零十几天的丧服。人家问我行的是什么礼？我说是古礼。人家又问，那一代的古礼？我说是《易传》说的太古时代“丧期无数”的古礼。我以为“丧期无数”最为有理。人情各不相同，父母的善恶各不相同，儿子的哀情和敬意也不相同。《檀弓上》说：

> 子夏既除丧而见，予之琴，和之不和，弹之而不成声，作而曰，“哀未忘也，先王制礼而弗敢过也”。子张既除丧而见，予之琴，和之而和，弹之而成声，作而曰，“先王制礼，不敢不至焉”。

这可见人对父母的哀情各不相同，子张、宰我嫌三年之丧太长了，子夏、闵子骞又嫌三年太短了。最好的办法是“丧期无数”，长的可以几年，短的可以三月，或三日，或竟无服。不但时期无定，还应该打破古代一定等差的丧服制度。我以为服制不必限于自己的亲属：亲属值得纪念的，不妨为他纪念成服；朋友可以纪念的，也不妨为他穿服；不值得纪念的，无论在几服之内，尽可不必为他穿服。

我的母亲是我生平最敬爱的一个人，我对她的纪念，自然不止五六个月，何以我一定要实行短丧的制度呢？我的理由不止一端。第一，我觉得三年的丧服在今日没有保存的理由。顾亭林说，“三代圣王教化之事，其仅存于今日者，惟服制而已”（《日知录》卷十五）。这话说得真正可怜！现在居丧的人，可以饮酒食肉，可以干政筹边，可以嫖赌纳妾，可以作种种“不孝”的事，却偏要苦苦保存这三年穿素的“服制”！不能实行三年之“丧”，却偏要保存三年的“丧服”！这真是孟子说的“放饭流歠而问无齿决，是之谓不知务”了！第二，真正的纪念父母，方法狠多，何必单单保存这三年服制？现行的服制，乃是古丧礼的皮毛，乃是今人装门面自欺欺人的形式。我因为不愿意用这种自欺欺人的服制来做纪念我母亲的方法，所以我决意实行短丧。我因为不承认“穿孝”就算“孝”，不承认“孝”是拿来穿在身上的，所以我决意实行短丧。第三，现在的人居父母之丧，自称为“守制”，写自己的名字要加上一个小“制”字，请问这种制是谁人定的制？是古人遗传下来的制呢？还是现在国家法律规定的制呢？民国法律并不曾规定丧期。若说是古代遗制，则从斩衰三年到小功，缌，都是“制”，何以三年之丧单称为“制”呢？况且古代的遗制到了今日，应该经过一番评判的研究，看那种遗制是否可以存在，不应该因为他是古制就糊糊涂涂的服从他。我因为尊重良心的自由，不愿意盲从无意识的古制，故决意实行短丧。第四，现行的服制实际上有许多行不通的地方。若说素色是丧服，现在的风尚喜欢素色衣裳，素色久已不成为丧服的记号了。若说布衣是丧服，绸缎不是丧服，那么，除了丝织的材料之外，许多外国的有光的织料是否算是布衣？有光的洋货织料可以穿得，何以本国的丝织物独不可穿？蚕丝织的绸缎既不能穿，何以羊毛织的呢货又可以穿得？还有羊皮既可以穿得，何以狐皮便穿不得？银器既可以戴得，金器和镀金器何以又戴不得？——诸如此类，可以证明现在的服制全凭社会的习惯随意乱定，没有理由可说，没有标准可寻；颠倒杂乱，一无是处。经济上的困难且丢开不说，就说这心理上的麻烦不安，也狠够受了。我也曾想采用一种近人情，有道理，有一贯标准的丧服，竟寻不出来，空弄得精神上受无数困难惭愧。因此，我索性主张把服丧的期限缩短，在这短丧期内，无论穿何种织料的衣服，——无论布的，绸缎的，呢的，绒的，纱的，——只要蒙上黑纱，依民国的新礼制，便算是丧服了。

以上记我实行短丧的原委和理由。

我把我自己经过的丧礼改革，详细记了出来，并不是说我所改的都是不错的，也并不敢劝国内的人都依着我这样做。我的意思，不过是想表示我个人从一次生平最痛苦的经验里面得来的一些见解，一些感想；不过想指点出现在丧礼的种种应改革的地方和将来改革的大概趋势。我现在且把我对于丧礼的一点普通见解总括写出来，做一个结论。

结　论

人类社会的进化，大概分两条路子：一边是由简单的变为复杂的，如文字的增添之类；一边是由繁复的变为简易的，如礼仪的变简之类。近来的人，听得一个“由简而繁，由浑而画”

的公式，以为进化的秘诀全在于此了。却不道由简而繁固然是进化的一种，由繁而简也是进化的一条大路。即如文字固是逐渐增多，但文法却逐渐变简。拿英文和希腊拉丁文比较，便是文法变简的进化。汉文也有逐渐变简的痕迹。古代的代名词，“吾”“我”有别，“尔”“汝”有别，“彼”“之”有别。现代变为“我”“你”“他”，“我们”“你们”“他们”，使主次宾次变为一律，使多数单数的变化也归一律。这不是一大进化吗？古代的字如马两岁叫做“驹”，三岁叫做“駣”，八岁叫做“馴”；又马高六尺为“骄”，七尺为“騋”。这都是狠不规则的变化，现在都变简易了。

我举这几个例，来证明由繁而简也是进化。再举礼仪的变迁，更可以证明这个道理。我们试请一位孔教会的信徒，叫他把一部《仪礼》来实行，他做得到吗？何以做不到呢？因为古人生活简单，那些一半祭司一半贵族的士大夫，狠可以玩那“一献之礼宾主百拜”的把戏儿。后来生活复杂了，谁也没有工夫来干这揖让周旋的无谓繁文。因此，自古以来，礼仪一天简单一天，虽有极顽固的复古家，势不能恢复那“礼仪三百，威仪三千”的盛世规模。故社会生活变复杂了，是一进化。同时礼仪变简单了，也是一进化。由我们现在的生活，要想回到茹毛饮血，穴居野处的生活，固是不可能。但是由我们现在简单礼节，要想回到那揖让周旋宾主百拜的礼节，也是不可能。

懂得这个道理，方才可以谈礼俗改良，方才可以谈丧礼改良。

简单说来，我对于丧礼问题的意见是：

（1）现在的丧礼比古礼简单多了，这是自然的趋势，不能说是退化。将来社会的生活更复杂，丧礼应该变得更简单。

（2）现在丧礼的坏处，并不在不行古礼，乃在不曾把古代遗留下来的许多虚伪仪式删除干净。例如不行“寝苫枕块”的礼，并不是坏处；但自称“苫块昏迷”，便是虚伪的坏处。又如古礼，儿子居丧，用种种自己刻苦的仪式，“水浆不入于口者三日，杖而后能起”，所以必须用杖。现在的人不行这种野蛮的风俗，本是一大进步，并不是一种坏处；但做“孝子”的仍旧拿着哭丧棒，这便是作伪了。

（3）现在的丧礼还有一种大坏处，就是一方面虽然废去古代的繁重礼节，一方面又添上了许多迷信的，虚伪的，野蛮风俗。例如地狱天堂，轮回果报，等等迷信，在丧礼上便发生了和尚念经超度亡人，棺材头点“随身灯”，做法事“破地狱”，“破血盆湖”，等等迷信的风俗。

（4）现在我们讲改良丧礼，当从两方面下手。一方面应该把古丧礼遗下的种种虚伪仪式删除干净，一方面应该把后世加入的种种野蛮迷信的仪式删除干净。这两方面破坏工夫做到了，方才可以有一种近于人情适合于现代生活状况的丧礼。

（5）我们若要实行这两层破坏的工夫，应该用什么做去取的标准呢？我仔细想来，没有绝对的标准，只有一个活动的标准，就是“为什么”三个字。我们每做一件事，每行一种礼，总得问自己：我为什么要做这件事？为什么要行那种礼？（例如我上文所举“点主”一件事）能够每事要寻一个“为什么”，自然不肯行那些说不出为什么要行的种种陋俗了。凡事不问为什么要这样做，便是无意识的习惯行为。那是下等动物的行为，是可耻的行为！

（原载于1919年5月《新青年》第6卷第6号。）

为什么读书

青年会叫我在未离南方赴北方之前在这里谈谈，我很高兴，题目是“为什么读书”。现在读书运动大会开始，青年会拣定了三个演讲题目。我看第二题目“怎样读书”很有兴味，第三题目“读什么书”更有兴味，第一题目无法讲，为什么读书，连小孩子都知道，讲起来很难为情，而且也讲不好。所以我今天讲这个题目，不免要侵犯其余两个题目的范围，不过我仍旧要为其余两位演讲的人留一些余地。现在我就把这个题目来试一下看。我从前也有过一次关于读书的演讲，后来我把那篇演讲录略事修改，编入三集文存里面，那篇文章题目叫做“读书”，其内容性质较近于第二题目，诸位可以拿来参考。今天我就来试试“为什么读书”这个题目。

从前有一位大哲学家做了一篇“读书乐”，说到读书的好处，他说：“书中自有千钟粟，书中自有黄金屋，书中自有颜如玉。”这意思就是说，读了书可以做大官，获厚禄，可以不至于住茅草房子，可以娶得年轻的漂亮太太（台下哄笑）。诸位听了笑起来，足见诸位对于这位哲学家所说的话不十分满意，现在我就讲所以要读书的别的原因。

为什么要读书？有三点可以讲：第一，因为书是过去已经知道的智识学问和经验的一种记录，我们读书便是要接受这人类的遗产；第二，为要读书而读书，读了书便可以多读书；第三，读书可以帮助我们解决困难，应付环境，并可获得思想材料的来源。我一踏进青年会的大门，就看见许多关于读书的标语。为什么读书？大概诸位看了这些标语就都已知道了，现在我就把以上三点更详细的说一说。

第一，因为书是代表人类老祖宗传给我们的智识的遗产，我们接受了这遗产，以此为基础，可以继续发扬光大，更在这基础之上，建立更高深更伟大的智识。人类之所以与别的动物不同，就是因为人有语言文字，可以把智识传给别人，又传至后人，再加以印刷术的发明，许多书报便印了出来。人的脑很大，与猴不同，人能造出语言，后来更进一步而有文字，又能刻木刻字，所以人最大的贡献就是过去的智识和经验，使后人可以节省许多脑力。非洲野蛮人在山野中遇见鹿，他们就画了一个人和一只鹿以代信，给后面的人叫他们勿追。但是把智识和经验遗给儿孙有什么用处呢？这是有用处的，因为这是前人很好的教训。现在学校里各种教科，如物理，化学，历史，等等，都是根据几千年来进步的智识编纂成书的，一年，两年，或者三年，教完一科。自小学，中学，而至大学毕业，这十六年中所受的教育，都是代表我们老祖宗几千年来得来的智识学问和经验，所谓进化，就是叫人节省劳力，蜜蜂虽能筑巢，能发明，但传下来就只有这一点智识，没有继续去改革改良，以应付环境，没有做格外进一步的工作。人呢，达不到目的，就再去求进步，而以前人的智识学问和经验作参考。如果每样东西，要个个人从头学起，而不去利用过去的智识，那不是太麻烦吗？所以人有了这智识的遗产，就可以自己去成家立业，就可以缩短工作，使有余力做别的事。

第二点稍复杂，就是为读书而读书。读书不是那么容易的一件事情，不读书不能读书，要能读书才能多读书。好比戴了眼镜，小的可以放大，糊涂的可以看得清楚，远的可以变为近。读书也要戴眼镜。眼镜越好，读书的了解力也越大。王安石对曾子固说：

> 读经而已则不足以知经。

所以他对于《本草》，《内经》，小说，无所不读，这样对于经才可以明白一些。王安石说：

> 致其知而后读。

请你们注意，他不说读书以致知，却说，先致知而后读书。读书固然可以扩充知识；但知识越扩充了，读书的能力也越大。这便是“为读书而读书”的意义。

试举《诗经》作一个例子。从前的学者把《诗经》看作“美”“刺”的圣书，越讲越不通。现在的人应该多预备几副好眼镜，——民俗学的眼镜，社会学的眼镜，人类学的眼镜，考古学的眼镜，文法学的眼镜，文学的眼镜。眼镜越多越好，越精越好。例如“野有死麕，白茅包之。有女怀春，吉士诱之”；我们若知道比较民俗学，便可以知道打了野兽送到女子家去求婚，是平常的事。又如“钟鼓乐之，琴瑟友之”，也不必说什么文王太姒，只可看作少年男子在女子的门口或窗下奏乐唱和，这也是很平常的事。再从文法方面来观察，像《诗经》里“之子于归”“黄鸟于飞”“凤凰于飞”的“于”字，此外，《诗经》里又有几百个的“维”字，还有许多“助词”“语词”，这些都是有作用而无意义的虚字，但以前的人却从未注意及此。这些字若不明白，《诗经》便不能懂。再说在《墨子》一书里，有点光学，力学；又有点逻辑，算学，几何学；又有点经济学。但你要懂得光学，才能懂得墨子所说的光；你要懂得各种智识，才能懂得《墨子》里一些最难懂的文句。总之，读书是为了要读书，多读书更可以读书。最大的毛病就在怕读书，怕读难书。越难读的书我们越要征服它们，把它们作为我们的奴隶或向导，我们才能够打倒难书，这才是我们的“读书乐”。若是我们有了某本的科学知识，那末，我们在读书时便能左右逢源。我再说一遍，读书的目的在于读书，要读书越多才可以读书越多。

第三点，读书可以帮助解决困难，应付环境，供给思想材料。知识是思想材料的来源。思想可分作五步。思想的起源是大的疑问。吃饭拉尿不用想，但逢着三叉路口，十字街头那样的环境，就发生困难了。走东或走西，这样做或是那样做，有了困难，才有思想。第二步要把问题弄清，究竟困难在那一点上。第三步才想到如何解决，这一步，俗话叫做出主意。但主意太多，都采用也不行，必须要挑选。但主意太少，或者竟全无主意，那就更没有办法了。第四步就是要选择一个假定的解决方法。要想到这一个方法能不能解决。若不能，那末，就换一个；若能，就行了。这好比开锁，这一个钥匙开不开，就换了一个；假定是可以开的，那末，问题就解决了。第五步就是证实。凡是有条理的思想都要经过这五步，或是逃不了这五个阶级。科学家要解决问题，侦探要侦探案件，多经过这五步。

这五步之中，第三步是最重要的关键。问题当前，全靠有主意（Ideas）。主意从那儿来呢？从学问经验中来。没有智识的人，见了问题，两眼白瞪瞪，抓耳挠腮，一个主意都不来。学问丰富的人，见着困难问题，东一个主意，西一个主意，挤上来，涌上来，请求你录用。读书是过去智识学问经验的记录，而智识学问经验就是要用在这时候，所谓养军千日，用在一朝。否则，学问一些都没有，遇到困难就要糊涂起来。例如达尔文把生物变迁现象研究了几十年，却想不出一个原则去整统他的材料。后来无意中看到马尔萨斯的人口论，说人口是按照几何学级数一倍一倍的增加，粮食是按照数学级数增加，达尔文研究了这原则，忽然触机，就把这原则应用到生物学上去，创了物竞天择的学说。读了经济学的书，可以得着一个解决生物学上的困难问题，这便是读书的功用。古人说，“开卷有益”，正是此意。读书不是单为文凭功名，只因为书中可以供给学问知识，可以帮助我们解决困难，可以帮助我们思想。又譬如从前的人以为地球是世界的中心，后来天文学家科白尼却主张太阳是世界的中心，绕着地球而行。据罗素说，科白尼所以这样的解说，是因为希腊人已经讲过这句话；假使希腊没有这句话，恐怕更不容易有人敢说这句话吧。这也是读书的好处。有一家书店印了一部旧小说叫做《醒世姻缘》，要我作序。这部书是西周生所著的，印好在我家藏了六年我还不曾考出西周生是谁，这部小说讲到婚姻问题，其内容是这样：有个好老婆，不知何故，后来忽然变坏，作者没有提及解决方法，也没有想到可以离婚，只说是前世作孽，因为在前世男虐待女，女就投生换样子，压迫者变为被压迫者。这种前世作孽，起先相爱，后来忽变的故事，我仿佛什么地方看见过。后来忽然想起《聊斋》一书中有一篇和这相类似的笔记，也是说到一个女子，起先怎样爱着她的丈夫，后来怎样变为凶太太，便想到这部小说大约是蒲留仙或是蒲留仙的朋友做的。去年我看到一本杂记，也说是蒲留仙做的，不过没有多大证据。今年我在北京，才找到了证据。这一件事可以解释刚才我所说的第二点，就是读书可以帮助读书，同时也可以解释第三点，就是读书可以供给出主意的来源。当初若是没有主意，到了逢着困难时便要手足无措，所以读书可以解决问题，就是军事，政治，财政，思想等问题，也都可以解决，这就是读书的用处。

我有一位朋友，有一次傍着灯看小说，洋灯装有油，但是不亮，因为灯心短了。于是他想到《伊索寓言》里有一篇故事，说是一只老鸦要喝瓶中的水，因为瓶太小，得不到水，它就衔石投瓶中，水乃上来。这位朋友是懂得化学的，于是加水于灯中，油乃碰到灯心。这是看《伊索寓言》给他看小说的帮助。读书好像用兵，养兵求其能用，否则即使坐拥十万二十万的大兵也没有用处，难道只好等他们“兵变”吗?

至于“读什么书”，下次陈钟凡先生要讲演，今天我也附带的讲一讲。我从五岁起到了四十岁，读了三十五年的书。我可以很诚恳的说，中国旧籍是经不起读的。中国有五千年文化，四部的书已是汗牛充栋。究竟有几部书应该读，我也曾经想过。其中有条理有系统的精心结构之作，二千五百年以来恐怕只有半打。“集”是杂货店，“史”和“子”还是杂货店。至于“经”，也只是杂货店，讲到内容，可以说没有一些东西可以给我们改进道德增进智识的帮助的。中国书不够读，我们要另开生路，辟殖民地，这条生路，就是每一个少年人必须至少要精通一种外国文字。读外国语要读到有乐而无苦，能做到这地步，书中便有无穷乐趣。希望大家不要怕读书，起初的确要查阅字典，但假使能下一年苦功，继续不断做去，那末，在一二年中定可开辟一个乐园，还只怕求知的欲望太大，来不及读呢。我总算是老大哥，今天我就根据我过去三十五年读书的经验，给你们这一个临别的忠告。

（原载于1931年《现代学生》第1卷5期。）

文学改良刍议

今之谈文学改良者众矣，记者末学不文，何足以言此？然年来颇于此事再四研思，辅以友朋辩论，其结果所得，颇不无讨论之价值。因综括所怀见解，列为八事，分别言之，以与当世之留意文学改良者一研究之。

吾以为今日而言文学改良，须从八事入手。八事者何？

一曰，须言之有物。

二曰，不摹仿古人。

三曰，须讲求文法。

四曰，不作无病之呻吟。

五曰，务去烂调套语。

六曰，不用典。

七曰，不讲对仗。

八曰，不避俗字俗语。

一曰须言之有物

吾国近世文学之大病，在于言之无物。今人徒知“言之无文，行之不远”，而不知言之无物，又何用文为乎。吾所谓“物”，非古人所谓“文以载道”之说也。吾所谓“物”，约有二事。

（一）情感。《诗序》曰："情动于中而形诸言。言之不足，故嗟叹之。嗟叹之不足，故永歌之。永歌之不足，不知手之舞之，足之蹈之也。"此吾所谓情感也。情感者，文学之灵魂。文学而无情感，如人之无魂，木偶而已。行尸走肉而已。（今人所谓"美感"者，亦情感之一也。）

（二）思想。吾所谓"思想"，盖兼见地、识力、理想三者而言之。思想不必皆赖文学而传，而文学以有思想而益贵。思想亦以有文学的价值而益贵也。此庄周之文，渊明、老杜之诗，稼轩之词，施耐庵之小说，所以复绝千古也。思想之在文学，犹脑筋之在人身。人不能思想，则虽面目姣好，虽能笑啼感觉，亦何足取哉。文学亦犹是耳。

文学无此二物，便如无灵魂无脑筋之美人，虽有秾丽富厚之外观，抑亦末矣。近世文人沾沾于声调字句之间，既无高远之思想，又无真挚之情感，文学之衰微，此其大因矣。此文胜之害，所谓言之无物者是也。欲救此弊，宜以质救之。质者何？情与思二者而已。

二曰不摹仿古人

文学者，随时代而变迁者也。一时代有一时代之文学。周秦有周秦之文学，汉魏有汉魏之文学，唐宋元明有唐宋元明之文学。此非吾一人之私言，乃文明进化之公理也。即以文论，有尚书之文，有先秦诸子之文，有司马迁、班固之文，有韩、柳、欧、苏之文，有语录之文，有施耐庵、曹雪芹之文。此文之进化也。试更以韵文言之。《击壤》之歌，《五子》之歌，一时朝也。《三百篇》之诗，一时期也。屈原、荀卿之骚赋，又一时期也。苏、李以下，至于魏晋，又一时期也。江左之诗流为排比，至唐而律诗大成，此又一时期也。老杜、香山之“写实”体诸诗（如杜之《石壕吏》《羌村》，白之《新乐府》），又一时期也。诗至唐而极盛，自此以后，词典代兴。唐五代及宋初之小令，此词之一时代也。苏、柳（永）、辛、姜之词，又一时代也。至于元之杂剧传奇，则又一时代矣。凡此诸时代，各因时势风会而变，各有其特长。吾辈以历史进化之眼光观之，决不可谓古人之文学皆胜于今人也。左氏史公之文奇矣。然施耐庵之《水浒传》视《左传》《史记》，何多让焉。《三都》《两京》之赋富矣。然以视唐诗宋词，则糟粕耳。此可见文学因时进化，不能自止。唐人不当作商周之诗，宋人不当作相如子云之赋。即令作之，亦必不工，逆天背时，违进化之迹，故不能工也。

既明文学进化之理，然后可言吾所谓“不摹仿古人”之说。今日之中国，当造今日之文学。不必摹仿唐宋，亦不必摹仿周秦也。前见国会开幕词，有云，“于铄国会，遵晦时休”。此在今日而欲为三代以上之文之一证也。更观今之“文学大家”，文则下规姚、曾，上师韩、欧，更上则取法秦汉魏晋，以为六朝以下无文学可言，此皆百步与五十步之别而已，而皆为文学下乘。即令神似古人，亦不过为博物院中添几许“逼真赝鼎”而已，文学云乎哉。昨见陈伯严先生一诗云：

涛园钞杜句，半岁秃千毫。

所得都成泪，相过问奏刀。

万灵噤不下，此老仰弥高。

胸腹回滋味，徐看薄命骚。

此大足代表今日“第一流诗人”摹仿古人之心理也。其病根所在，在于以“半岁秃千毫”之工夫作古人的钞胥奴婢，故有“此老仰弥高”之叹。若能洒脱此种奴性，不作古人的诗，而惟作我自己的诗，则决不致如此失败矣。

吾每谓今日之文学，其足与世界“第一流”文学比较而无愧色者，独有白话小说（我佛山人、南亭亭长、洪都百炼生三人而已）一项。此无他故，以此种小说皆不事摹仿古人（三人皆得力于《儒林外史》《水浒》《石头记》。然非摹仿之作也）而惟实写今日社会之情状，故能成真正文学。其他学这个，学那个之诗古文家，皆无文学之价值也。今之有志文学者，宜知所从事矣。

三曰须讲求文法

今之作文作诗者，每不讲求文法之结构。其例至繁，不便举之，尤以作骈文律诗者为尤甚。夫不讲文法，是谓“不通”。此理至明，无待详论。

四曰不作无病之呻吟

此殊未易言也。今之少年往往作悲观。其取别号则曰“寒灰”“无生”“死灰”。其作为诗文，则对落日而思暮年，对秋风而思零落，春来则惟恐其速去，花发又惟惧其早谢。此亡国之哀音也。老年人为之犹不可，况少年乎。其流弊所至，遂养成一种暮气，不思奋发有为，服劳报国，但知发牢骚之音，感喟之文。作者将以促其寿年，读者将亦短其志气，此吾所谓无病之呻吟也。国之多患，吾岂不知之。然病国危时，岂痛哭流涕所能收效乎。吾惟愿今之文学家作费舒特（Fichte），作玛志尼（Mazzini），而不愿其为贾生、王粲、屈原、谢皋羽也。其不能为贾生、王粲、屈原、谢皋羽，而徒为妇人醇酒丧气失意之诗文者，尤卑卑不足道矣！

五曰务去滥调套语

今之学者，胸中记得几个文学的套语，便称诗人。其所为诗文处处是陈言烂调，“蹉跎”“身世”“寥落”“飘零”“虫沙”“寒窗”“斜阳”“芳草”“春闺”“愁魂”“归梦”“鹃啼”“孤影”“雁字”“玉楼”“锦字”“残更”……之类，累累不绝，最可憎厌。其流弊所至，遂令国中生出许多似是而非，貌似而实非之诗文。今试举一例以证之：

> 荧荧夜灯如豆，映幢幢孤影，凌乱无据。翡翠衾寒，鸳鸯瓦冷，禁得秋宵几度。幺弦漫语，早丁字帘前，繁霜飞舞。袅袅余音，片时犹绕柱。

此词骤观之，觉字字句句皆词也。其实仅一大堆陈套语耳。“翡翠衾”“鸳鸯瓦”，用之白香山《长恨歌》则可以其所言乃帝王之衾之瓦也。“丁字帘”“幺弦”，皆套语也。此词在美国所作，其夜灯决不“荧荧如豆”，其居室尤无“柱”可绕也。至于“繁霜飞舞”，则更不成话矣。谁曾见繁霜之“飞舞”耶？

吾所谓务去烂调套语者，别无他法，惟在人人以其耳目所亲见亲闻所亲身阅历之事物，一一自己铸词以形容描写之。但求其不失真，但求能达其状物写意之目的，即是工夫。其用烂调套语者，皆懒惰不肯自己铸词状物者也。

六曰不用典

吾所主张八事之中，惟此一条最受友朋攻击，盖以此条最易误会也。吾友江亢虎君来书曰：

> 所谓典者，亦有广狭二义。饾饤獭祭，古人早悬为厉禁。若并成语故事而屏之，则非惟文字之品格全失，即文字之作用亦亡。……文字最妙之意味，在用字简而涵意多。此断非用典不为功。不用典不特不可作诗，并不可写信，且不可演说。来函满纸“旧雨”“虚怀”“治头治脚”“舍本逐末”“洪水猛兽”“发聋振聩”“负弩先驱”“心悦诚服”“词坛”“退避三舍”“无病呻吟”“滔天”“利器”“铁证”……皆典也。试尽抉而去之，代以俚语俚字，将成何说话。其用字之繁简，犹其细焉。恐一易他词，虽加倍蓰而涵义仍终不能如是恰到好处，奈何。……

此论极中肯要。今依江君之言，分典为广狭二义，分论之如下：

（一）广义之典非吾所谓典也。广义之典约有五种：

（甲）古人所设譬喻，其取譬之事物，含有普通意义，不以时代而失其效用者，今人亦可用之。如古人言“以子之矛攻子之盾”。今人虽不读书者，亦知用“自相矛盾”之喻。然不可谓为用典也。上文所举例中之“治头治脚”“洪水猛兽”“发聋振聩”……皆此类也。盖设譬取喻，贵能切当，若能切当，固无古今之别也。若“负弩先驱”“退避三舍”之类，在今日已非通行之事物，在文人相与之间，或可用之，然终以不用为上。如言“退避”千里亦可，百里亦可，不必定用“三舍”之典也。

（乙）成语　成语者，合字成辞，别为意义。其习见之句，通行已久，不妨用之。然今日若能另铸“成语”，亦无不可也。“利器”“虚怀”“舍本逐末”……皆属此类。此非“典”也，乃日用之字耳。

（丙）引史事　引史事与今所论议之事相比较，不可谓为用典也。如老杜诗云，“未闻殷周衰，中自诛褒妲”，此非用典也。近人诗云，“所以曹孟德，犹以汉相终”，此亦非用典也。

（丁）引古人作比　此亦非用典也。杜诗云，“清新庾开府，俊逸鲍参军”，此乃以古人比今人，非用典也。又云，“伯仲之间见伊吕，指挥若定失萧曹”，此亦非用典也。

（戊）引古人之语　此亦非用典也。吾尝有句云，“我闻古人言，艰难惟一死”。又云，“尝试成功自古无，放翁此语未必是”。此乃引语，非用典也。

以上五种为广义之典，其实非吾所谓典也。若此者可用可不用。

（二）狭义之典，吾所主张不用者也。吾所谓“用典”者，谓文人词客不能自己铸词造句以写眼前之景，胸中之意，故借用或不全切，或全不切之故事陈言以代之，以图含混过去。是谓“用典”。上所述广义之典，除戊条外，皆为取譬比方之辞。但以彼喻此，而非以彼代此也。狭义之用典，则全为以典代言，自己不能直言之，故用典以言之耳。此吾所谓用典与非用典之别也。狭义之典亦有工拙之别，其工者偶一用之，未为不可，其拙者则当痛绝之已。

（子）用典之工者　此江君所谓用字简而涵义多者也。客中无书不能多举其例，但杂举一二，以实吾言。

（1）东坡所藏仇池石，王晋卿以诗借观，意在于夺。东坡不敢不借，先以诗寄之，有句云，“欲留嗟赵弱，宁许负秦曲。传观慎勿许，间道归应速”。此用蔺相如返璧之典，何其工切也。

（2）东坡又有“章质夫送酒六壶，书至而酒不达”。诗云，“岂意青州六从事，化为乌有一先生”。此虽工已近于纤巧矣。

（3）吾十年前尝有读《十字军英雄记》一诗云，“岂有酖人羊叔子，焉知微服赵主父，十字军真儿戏耳，独此两人可千古”。以两典包尽全书，当时颇沾沾自喜，其实此种诗，尽可不作也。

（4）江亢虎代华侨诔陈英士文有“未悬太白，先坏长城。世无鉏霓，乃戕赵卿”四句，余极喜之。所用赵宣子一典，甚工切也。

（5）王国维咏史诗，有“虎狼在堂室，徙戎复何补。神州遂陆沉，百年委榛莽。寄语桓元子，莫罪王夷甫”。此亦可谓使事之工者矣。

上述诸例，皆以典代言，其妙处，终在不失设譬比方之原意。惟为文体所限，故譬喻变而为称代耳。用典之弊，在于使人失其所欲譬喻之原意。若反客为主，使读者迷于使事用典之繁，而转忘其所为设譬之事物，则为拙矣。古人虽作百韵长诗，其所用典不出一二事而已。（《北征》与白香山《悟真寺诗》皆不用一典。）今人作长律则非典不能下笔矣。尝见一诗八十四韵，而用典至百余事，宜其不能工也。

（丑）用典之拙者　用典之拙者，大抵皆衰惰之人，不知造词，故以此为躲懒藏拙之计。惟其不能造词，故亦不能用典也。总计拙典亦有数类：

（1）比例泛而不切，可作几种解释，无确定之根据。今取王渔洋《秋柳》一章证之。

> 娟娟凉露欲为霜，万缕千条拂玉塘。
> 浦里青荷中妇镜，江干黄竹女儿箱。
> 空怜板渚隋堤水，不见琅琊大道王。
> 若过洛阳风景地，含情重问永丰坊。

此诗中所用诸典无不可作几样说法者。

（2）僻典使人不解。夫文学所以达意抒情也。若必求人人能读五车之书，然后能通其文，则此种文可不作矣。

（3）刻削古典成语，不合文法。“指兄弟以孔怀，称在位以曾是”（章太炎语）是其例也。今人言“为人作嫁”亦不通。

（4）用典而失其原意。如某君写山高与天接之状，而曰“西接杞天倾”是也。

（5）古事之实有所指，不可移用者，今往乱用作普通事实。如古人灞桥折柳，以送行者，本是一种特别土风。阳关渭城亦皆实有所指。今之懒人不能状别离之情，于是虽身在滇越，亦言灞桥，虽不解阳关渭城为何物，亦皆言阳关三叠，渭城离歌。又如张翰因秋风起而思故乡之莼羹鲈脍，今则虽非吴人，不知莼鲈为何味者，亦皆自称有“莼鲈之思”。此则不仅懒不可救，直是自欺欺人耳！

凡此种种，皆文人之下下工夫，一受其毒，便不可救。此吾所以有“不用典”之说也。

七曰不讲对仗

排偶乃人类言语之一种特性，故虽古代文字，如老子孔子之文，亦间有骈句。如“道可道，非常道。名可名，非常名。无名天地之始，有名万物之母。故常无，欲以观其妙。常有，欲以观其微”。此三排句也。“食无求饱，居无求安”。“贫而无谄，富而无骄”。“尔爱其羊，我爱其礼”。此皆排句也。然此皆近于语言之自然，而无牵强刻削之迹。尤未有定其字之多寡，声之平仄，词之虚实者也。至于后世文学末流，言之无物，乃以文胜。文胜之极，而骈文律诗兴焉，而长律兴焉。骈文律诗之中非无佳作，然佳作终鲜。所以然者何。岂不以其束缚人之自由过甚之故耶。（长律之中，上下古今，无一首佳作可言也。）今日而言文学改良，当“先立乎其大者”，不当枉废有用之精力于微细纤巧之末。此吾所以有废骈废律之说也。即不能废此两者，亦但当视为文学末技而已，非讲求之急务也。

今人犹有鄙夷白话小说为文学小道者。不知施耐庵、曹雪芹、吴趼人皆文学正宗，而骈文律诗乃真小道耳。吾知必有闻此言而却走者矣。

八曰不避俗语俗字

吾惟以施耐庵、曹雪芹、吴趼人为文学正宗，故有“不避俗字俗语”之论也。（参看上文第二条下）盖吾国言文之背驰久矣。自佛书之输入，译者以文言不足以达意，故以浅近之文译之，其体已近白话。其后佛氏讲义语录尤多用白话为之者，是为语录体之原始。及宋人讲学以白话为语录，此体遂成讲学正体。（明人因之。）当是时，白话已久入韵文。观唐宋人白话之诗词可见也。及至元时，中国北部已在异族之下，三百余年矣（辽、金、元）。此三百年中，中国乃发生一种通俗行远之文学。文则有《水浒》《西游》《三国》之类，戏曲则尤不可胜计。（关汉卿诸人，人各著剧数十种之多。吾国文人著作之富，未有过于此时者也。）以今世眼光观之，则中国文学当以元代为最盛，可传世不朽之作，当以元代为最多。此可无疑也。当是时，中国之文学最近言文合一。白话几成文学的语言矣。使此趋势不受阻遏，则中国几有一“活文学出现”，而但丁、路得之伟业，（欧洲中古时，各国皆有俚语，而以拉丁文为文言，凡著作书籍皆用之。如吾国之以文言著书也。其后意大利有但丁（Dante）诸文豪，始以其国俚语著作。诸国踵兴，国语亦代起。路得（Luthor）创新教始以德文译《旧约》《新约》。遂开德文学之先。英法诸国亦复如是。今世通用之英文《新旧约》，乃一六一一年译本，距今才三百年耳。故今日欧洲诸国之文学，在当日皆为俚语。迨诸文豪兴，始以“活文学”代拉丁之死文学。有活文学而后有言文合一之国语地。）几发生于神州。不意此趋势骤为明代所阻，政府既以八股取士，而当时文人如何李七子之徒，又争以复古为高，于是此千年难遇言文合一之机会，遂中道夭折矣。然以今世历史进化的眼光观之，则白话文学之为中国文学之正宗，又为将来文学必用之利器，可断言也。（此“断言”乃自作者言之。赞成此说者，今日未必甚多也。）以此之故，吾主张今日作文作诗，宜采用俗语俗字。与其用三千年前之死字（如“于铄国会，遵晦时休”之类），不如用二十世纪之活字；与其作不能行远不能普及之秦汉六朝文字，不如作家喻户晓之《水浒》《西游》文字也。

结　论

上述八事，乃吾年来研思此一大问题之结果。远在异国，既无读书之暇晷，又不得就国中先生长者质疑问难，其所主张容有矫枉过正之处。然此八事皆文学上根本问题，——有研究之价值。故草成此论，以为海内外留心此问题者作一草案。谓之刍议，犹云未定草也。伏惟国人同志有以匡纠是正之。

（原载于1917年《新青年》第2卷第5期。）

一个问题

我到北京不到两个月。这一天我在中央公园里吃冰，几位同来的朋友先散了；我独自坐着，翻开几张报纸看看，只见满纸都是讨伐西南和召集新国会的话。我懒得看那些疯话，丢开报纸，抬起头来，看见前面来了一男一女，男的抱着一个小孩子，女的手里牵着一个三四岁的孩子。我觉得那男的好生面善，仔细打量他，见他穿一件很旧的官纱长衫，面上很有老态，背脊微有点弯，因为抱着孩子，更显出曲背的样子。他看见我，也仔细打量。我不敢招呼，他们就过去了。走过去几步，他把小孩子交给那女的，他重又回来，问我道："你不是小山吗？"我说："正是。你不是朱子平吗？我几乎不敢认你了！"他说："我是子平，我们八九年不见，你还是壮年，我竟成了老人了，怪不得你不敢招呼我。"

我招呼他坐下，他不肯坐，说他一家人都在后面坐久了，要回去预备晚饭了。我说："你现在是儿女满堂的福人了。怪不得要自称老人了。"他叹口气，说："你看我狼狈到这个样子，还要取笑我？我上个月见着伯安仲实弟兄们，才知道你今年回国。你是学哲学的人，我有个问题要来请教你。我问过多少人，他们都说我有神经病，不大理会我。你把住址告诉我，我明天来看你。今天来不及谈了。”

我把住址告诉了他，他匆匆的赶上他的妻子，接过小孩子，一同出去了。

我望着他们出去，心里想道：朱子平当初在我们同学里面，要算一个很有豪气的人，怎么现在弄得这样潦倒？看他见了一个多年不见的老同学，一开口就有什么问题请教，怪不得人说他有神经病。但不知他因为潦倒了才有神经病呢？还是因为有了神经病所以潦倒呢？……

第二天一大早，他果然来了。他比我只大得一岁，今年三十岁。但是他头上已有许多白发了。外面人看来，他至少要比我大十几岁。

他还没有坐定，就说：“小山，我要请教你一个问题。”

我问他什么问题。他说：“我这几年以来，差不多没有一天不问自己道：人生在世，究竟是为什么的？我想了几年，越想越想不通。朋友之中也没有人能回答这个问题。起先他们给我一个‘哲学家’的绰号，后来他们竟叫我做朱疯子了！小山，你是见多识广的人，请你告诉我，人生在世，究竟是为什么的？”

我说：“子平，这个问题是没有答案的。现在的人最怕的是有人问他这个问题。得意的人听着这个问题就要扫兴，不得意的人想着这个问题就要发狂。他们是聪明人，不愿意扫兴，更不愿意发狂，所以给你一个疯子的绰号，就算完了。——我要问你，你为什么想到这个问题上去呢？”

他说：“这话说来很长，只怕你不爱听。”

我说我最爱听。他吸了一口气，点着一根纸烟，慢慢的说。

以下都是他的话。

我们离开高等学堂那一年，你到英国去了，我回到家乡，生了一场大病，足足的病了十八个月。病好了，便是辛亥革命，把我家在汉口的店业就光复掉了。家里生计渐渐困难，我不能不出来谋事。那时伯安石生一班老同学都在北京，我写信给他们，托他们寻点事做。后来他们写信给我，说从前高等学堂的老师陈老先生答应要我去教他的孙子。我到了北京，就住在陈家。陈老先生在大学堂教书，又担任女子师范的国文，一个月拿的钱很多，但是他的两个儿子都不成器，老头子气得很，发愤要教育他几个孙子成人。但是他一个人教两处书，那有工夫教小孩子？你知道我同伯安都是他的得意学生，所以他叫我去，给我二十块钱一个月，住的房子，吃的饭，都是他的，总算他老先生的一番好意。

过了半年，他对我说，要替我做媒。说的是他一位同年的女儿，现在女子师范读书，快要毕业了。那女子我也见过一两次，人倒很朴素稳重。但是我一个月拿人家二十块钱，如何养得起家小？我把这个意思回复他，谢他的好意。老先生有点不高兴，当时也没说什么。过了几天，他请了伯安仲实弟兄到他家，要他们劝我就这门亲事。他说："子平的家事，我是晓得的。他家三代单传，嗣续的事不能再缓了。二十多岁的少年，那里怕没有事做？还怕养不活老婆吗？我替他做媒的这头亲事是再好也没有的。女的今年就毕业，毕业后还可在本京蒙养院教书，我已经替她介绍好了。蒙养院的钱虽不多，也可以贴补一点家用。他再要怕不够时，我把女学堂的三十块钱让他去教。我老了，大学堂一处也够我忙了。你们看我这个媒人总可算是竭力报效了。"

伯安弟兄把这番话对我说，你想我如何能再推辞。我只好写信告诉家母。家母回信，也说了许多“三代单传，不孝有三，无后为大”的话。又说：“陈老师这番好意，你稍有人心，应该感激图报，岂可不识抬举？”

我看了信，晓得家母这几年因为我不肯娶亲，心里很不高兴，这一次不过是借题发点牢骚。我仔细一想，觉得做了中国人，老婆是不能不讨的，只好将就点罢。

我去找到伯安仲实，说我答应订定这头亲事，但是我现在没有积蓄，须过一两年再结婚。

他们去见老先生，老先生说：“女孩子今年二十三岁了，她父亲很想早点嫁了女儿，好替他小儿子娶媳妇。你们去对子平说，叫他等女的毕业了就结婚。仪节简单一点，不费什么钱。他要用木器家具，我这里有用不着的，他可以搬去用。我们再替他邀一个公份，也就可以够用了。”

他们来对我说，我没有话可驳回，只好答应了。过了三个月，我租了一所小屋，预备成亲。老先生果然送了一些破烂家具，我自己添置了一点。伯安石生一班人发起一个公份，送了我六十多块钱的贺仪，只够我替女家做了两套衣服，就完了。结婚的时候，我还借了好几十块钱，才勉强把婚事办了。

结婚的生活，你还不曾经过。我老实对你说，新婚的第一年，的确是很有乐趣的生活。我的内人，人极温和，她晓得我的艰苦，我们从不肯乱花一个钱。我们只用一个老妈，白天我上陈家教书，下午到女师范教书，她到蒙养院教书。晚上回家，我们自己做两样家乡小菜，吃了晚饭，闲谈一会，我改我的卷子，她陪我坐着做点针线。我有时做点文字卖给报馆，有时写到夜深才睡。她怕我身体过劳，每晚到了十二点钟，她把我的墨盒纸笔都收了去，吹灭了灯，不许我再写了。

小山，这种生活，确有一种乐趣。但是不到七八个月，我的内人就病了，呕吐得很利害。我们猜是喜信，请医生来看，医生说八成是有喜。我连忙写信回家，好叫家母欢喜。老人家果然欢喜得很，托人写信来说了许多孕妇保重身体的法子，还做了许多小孩的衣服小帽寄来。

产期将近了。她不能上课，请了一位同学代她。我添雇了一个老妈子，还要准备许多临产的需要品。好容易生下一个男孩子来。产后内人身体不好，乳水不够，不能不雇奶妈。一家平空减少了每月十几块钱的进账，倒添上了几口人吃饭拿工钱。家庭的担负就很不容易了。

过了几个月，内人身体复原了，依旧去上课，但是记挂着小孩子，觉得很不方便。看十几块钱的面上，只得忍着心肠做去。

不料陈老先生忽然得了中风的病，一起病就不能说话，不久就死了。他那两个宝贝儿子，把老头子的一点存款都瓜分了，还要赶回家去分田产，把我的三个小学生都带回去了。

我少了二十块钱的进款，正想寻事做，忽然女学堂的校长又换了人，第二年开学时，他不曾送聘书来，我托熟人去说，他说我的议论太偏僻了，不便在女学堂教书。我生了气，也不屑再去求他了。

伯安那时做众议院的议员，在国会里颇出点风头。我托他设法。他托陈老先生的朋友把我荐到大学堂去当一个事务员，一个月拿三十块钱。

我们只好自己刻苦一点，把奶妈和那添雇的老妈子辞了。每月只吃三四次肉，有人请我吃酒，我都辞了不去，因为吃了人的，不能不回请。戏园里是四年多不曾去过了。

但是无论我们怎样节省，总是不够用。过了一年又添了一个孩子。这回我的内人自己给他奶吃，不雇奶妈了。但是自己的乳水不够，我们用开成公司的豆腐浆代它，小孩子不肯吃，不到一岁就殇掉了。内人哭的什么似的。我想起孩子之死全系因为雇不起奶妈，内人又过于省俭，不肯吃点滋养的东西，所以乳水更不够。我看见内人伤心我心里实在难过。

后来时局一年坏似一年，我的光景也一年更紧似一年。内人因为身体不好，辍课太多，蒙养院的当局颇说嫌话，内人也有点拗性，索性辞职出来。想找别的事做，一时竟寻不着。北京这个地方，你想寻一个三百五百的阔差使，反不费力。要是你想寻二三十块钱一个月的小事，那就比登天还难。到了中、交两行停止兑现的时候，我那每月三十块钱的票子更不够用了。票子的价值越缩下去，我的大孩子吃饭的本事越大起来。去年冬天，又生了一个女孩子，就是昨天你看见我抱着的。我托了伯安去见大学校长，请他加我的薪水，校长晓得我做事认真，加了我十块钱票子，共是四十块，打个七折，四七二十八，你替我算算，房租每月六块，伙食十五块，老妈工钱两块，已是二十三块钱了。剩下五块大钱，每天只派着一角六分大洋做零用钱。做衣服的钱都没有，不要说看报买书了。大学图书馆里虽然有书有报，但是我一天忙到晚，公事一完，又要赶回家来帮内人照应小孩子，哪里有工夫看书阅报？晚上我腾出一点工夫做点小说，想赚几个钱。我的内人向来不许我写过十二点钟的，于今也不来管我了。她晓得我们现在所处的境地，非寻两个外快钱不能过日子，所以只好由我写到两三点钟才睡。但是现在卖文的人多了，我又没有工夫看书，全靠绞脑子，挖心血，没有接济思想的来源，做的东西又都是百忙里偷闲潦草做的，哪里会有好东西？所以往往卖不起价钱，有时原稿退回，我又修改一点，寄给别家。前天好容易卖了一篇小说，拿着五块钱，所以昨天全家去逛中央公园，去年我们竟不曾去过。

我每天五点钟起来——冬天六点半起来，午饭后靠着桌子偷睡半个钟头，一直忙到夜深半夜后。忙的是什么呢？我要吃饭，老婆要吃饭，还要喂小孩子吃饭——所忙的不过为了这一件事！

我每天上大学去，从大学回来，都是步行。这就是我的体操，不但可以省钱，还可给我一点用思想的时间，使我可以想小说的布局，可以想到人生的问题。有一天，我的内人的姊夫从南边来，我想请他上一回馆子，家里恰没有钱，我去问同事借，那几位同事也都是和我不相上下的穷鬼，那有钱借人？我空着手走回家，路上自思自想，忽然想到一个大问题，就是“人生在世，究竟是为什么的？”……我一头想，一头走，想入了迷，就站在北河沿一棵柳树下，望着水里的树影子，足足站了两个钟头。等到我醒过来走回家时，天已黑了，客人已走了半天了！

自从那一天到现在，几乎没有一天我不想到这个问题。有时候，我从睡梦里喊着“人生在世，究竟是为什么的”。

小山，你是学哲学的人。像我这样养老婆，喂小孩子，就算做了一世的人吗？……

民国八年。

（原载于《每周评论》第33号，收入诗集《尝试集》初版，第4版删去。）

差不多先生传（选录）

你知道中国最有名的人是谁？

提起此人，人人皆晓，处处闻名。他姓差，名不多，是各省各县各村人氏。你一定见过他，一定听过别人谈起他。差不多先生的名字天天挂在大家的口头，因为他是中国全国人的代表。

差不多先生的相貌和你和我都差不多。他有一双眼睛，但看的不很清楚；有两只耳朵，但听的不很分明；有鼻子和嘴，但他对于气味和口味都不很讲究。他的脑子也不小，但他的记性却不很精明，他的思想也不很细密。

他常常说："凡事只要差不多，就好了。何必太精明呢？"

他小的时候，他妈叫他去买红糖，他买了白糖回来。他妈骂他，他摇摇头道："红糖白糖不是差不多吗？"

他在学堂的时候，先生问他："直隶省的西边是那一省？"他说是陕西。先生说："错了。是山西，不是陕西。"他说："陕西同山西，不是差不多吗？"

后来他在一个钱铺里做伙计；他也会写，也会算，只是总不会精细。十字常常写成千字，千字常常写成十字。掌柜的生气了，常常骂他。他只是笑嘻嘻地赔小心道："千字比十字只多一小撇，不是差不多吗？"

有一天，他为了一件要紧的事，要搭火车到上海去。他从从容容地走到火车站，迟了两分钟，火车已开走了。他白瞪着眼，望着远远地火车上的煤烟，摇摇头道：“只好明天再走了。今天走同明天走，也还差不多。可是火车公司未免太认真了。八点三十分开，同八点三十二分开，不是差不多吗？”他一面说，一面慢慢地走回家，心里总不很明白为什么火车不肯等他两分钟。

有一天，他忽然得了急病，赶快叫家人去请东街的汪医生。那家人急急忙忙地跑去，一时寻不着东街的汪大夫，却把西街的牛医王大夫请来了。差不多先生病在床上，知道寻错了人；但病急了，身上痛苦，心里焦急，等不得了，心里想道：“好在王大夫同汪大夫也差不多，让他试试看吧。”于是这位牛医王大夫走近床前，用医牛的法子给差不多先生治病。不上一点钟，差不多先生就一命呜呼了。

差不多先生差不多要死的时候，一口气断断续续地说道：“活人同死人也差……差……差不多……凡事只要……差……差……不多……就……好了……何……何……必……太……太认真呢？”他说完了这句格言，方才绝气了。

他死后，大家都很称赞差不多先生样样事情看得破，想得通；大家都说他一生不肯认真，不肯算账，不肯计较，真是一位有德行的人；于是大家给他取个死后的法号，叫他做圆通大师。

他的名誉越传越远，越久越大。无数无数的人都学他的榜样。于是人人都成了一个差不多先生。——然而中国从此就成了一个懒人国了。

（原载于1924年7月8日《兴华报刊》第1期。）

孙行者与张君劢

孙行者站在灵霄殿外，耀武扬威的不服气。如来伸出一只手掌道："你有多大本领？能不能跳出我的手心？"孙行者大笑道："我的师父曾传授给我七十二般变化，还教我筋斗云，一个筋斗就是十万八千里。你有多大的手心！"他缩小了身躯跳上了如来的手掌，喊一声"老孙去也"。一个筋斗翻出南天门去了。

以后的一段，我不用细说了。孙行者自以为走的很远了，不知道他总不曾跳出如来的手掌。

我的朋友张君劢近来对于科学家的跋扈，很有点生气。他一只手捻着他稀疏的胡子，一只手向桌上一拍，说道："赛先生，你有多大的手心！你敢用逻辑先生来网罗'我'吗？老张去也！"说着，他一个筋斗，就翻出松坡图书馆的大门外去了。

他这一个筋斗，虽没有十万八千里，却也够长了！我在几千里外等候他，等了二七一十四天，好容易望着彩云朵朵，瑞气千条，冉冉而来——却原来还只是他的小半截身子！其余的部分，还没有翻过来呢！

然而我揪住了这翻过来的一截，仔细一看，原来他仍旧不曾跳出赛先生和逻辑先生的手心里！

这话怎讲？且听我道来。

张君劢说：

人生者，变也，活动也，自由也，创造也。……试问论理学上之三大公例（曰同一，曰矛盾，曰排中）何者能证其合不合乎？论理学上之两大方法（曰内纳，曰外绎）何者能推定其前后之相生乎？

这是柏格森的高徒的得意腔调。他还引了许多师叔师伯的话来助他张目。

然而他所指出的逻辑先生的五样法宝，我们只消祭起一样来，已够打出他的原形来了。我们祭起的法宝，是论理学上的矛盾律。

[矛一]张君劢说：

精神科学中有何种公例，可以推算未来之变化，如天文学之于天象，力学之于物体者乎？吾敢断言曰，必无而已。

[盾一]张君劢又说：

人类目的，屡变不已；虽变也，不趋于恶而必趋于善。

前面一个“必”字的矛，后面一个“必”字的盾，遥遥相对，好看煞人！

否认人生观有公例的张君劢，忽然寻出这一条“不趋于恶而必趋于善”的大公例来，岂非玄之又玄的奇事！他自己不能不下一个解释，于是他又陷入第二层矛盾。

[矛二]张君劢说：

精神科学之公例，惟限于已过之事，而于未来之事，则不能推算。

精神科学……决不能以已成之例，推算未来也。

[盾二]张君劢说：

人类目的，屡变不已；虽变也，不趋于恶而必趋于善。其所以然之故，至为玄妙，不可测度。然据既往以测将来，其有持改革之说者，大抵图所以益世而非所以害世。此可以深信而不疑者也。

请问“据既往以测将来”是不是“以已成之例推算未来”？

然而张君劢又说：

[矛三]

人生观不为论理方法与因果律所支配。

[盾三]

（大前提）“夫事之可以预测者，必为因果律所支配者也。”

（小前提）“人类目的，屡变不已；然据既往以测将来……可以深信而不疑。”

（结论）故张君劢深信而不疑“人类目的”（人生观）必为因果律所支配者也！

张君劢翻了二七一十四天的筋斗，原来始终不曾脱离逻辑先生的一件小小法宝——矛盾律——的笼罩之下！哈！哈！

十二，五，十一，上海。

（原载于1921年5月20日《努力周报》第53期。）

漫游的感想

一　东西文化的界线

我离了北京，不上几天，到了哈尔滨。在此地我得了一个绝大的发现：我发现了东西文明的交界点。

哈尔滨本是俄国在远东侵略的一个重要中心。当初俄国人经营哈尔滨的时候，早就预备要把此地辟作一个二百万居民的大城，所以一切文明设备，应有尽有；几十年来，哈尔滨就成了北中国的上海。这是哈尔滨的租界，本地人叫做“道里”，现在租界收回，改为特别区。

租界的影响，在几十年中，使附近的一个村庄逐渐发展，也变成了一个繁盛的大城。这是“道外”。

“道里”现在收归中国管理了。但俄国人的势力还是很大的，向来租界时代的许多旧习惯至今还保存着。其中的一种遗风就是不准用人力车（东洋车）。“道外”的街道上都是人力车。一到了“道里”，只见电车与汽车，不见一部人力车。道外的东洋车可以拉到道里，但不准再拉客，只可拉空车回去。

我到了哈尔滨，看了道里与道外的区别，忍不住叹口气，自己想道：这不是东方文明与西方文明的交界点吗？东西洋文明的界线只是人力车文明与摩托车文明的界线——这是我的一大发现。

人力车又叫做东洋车，这真是确切不移。请看世界之上，人力车所至之地，北起哈尔滨，西至四川，南至南洋，东至日本，这不是东方文明的区域吗?

人力车代表的文明就是那用人作牛马的文明。摩托车代表的文明就是用人的心思才智制作出机械来代替人力的文明。把人作牛马看待，无论如何，够不上叫做精神文明。用人的智慧造作出机械来，减少人类的苦痛，便利人类的交通，增加人类的幸福，——这种文明却含有不少的理想主义，含有不少的精神文明的可能性。

我们坐在人力车上，眼看那些圆颅方趾的同胞努起筋肉，弯着背脊梁，流着血汗，替我们做牛做马，拖我们行远登高，为的是要挣几十个铜子去活命养家，——我们当此时候，不能不感谢那发明蒸汽机的大圣人，不能不感谢那发明电力的大圣人，不能不祝福那制作汽船汽车的大圣人：感谢他们的心思才智节省了人类多少精力，减除了人类多少苦痛！你们嫌我用“圣人”一个字吗？孔夫子不说过吗？“制而用之谓之器。利用出入，民咸用之，谓之神”。孔老先生还嫌“圣”字不够，他简直要尊他们为“神”呢！

二　摩托车的文明

去年八月十七日的《伦敦晚报》（*Evening Standard*）有下列的统计：

全世界的摩托车共二四，五九〇，〇〇〇辆。

全世界人口平均每七十一人有一辆摩托车。

美国每六人有车一辆。

加拿大与纽西兰每十二人有车一辆。

澳洲每二十人有车一辆。

今年一月十六日纽约的《国民周报》（*The Nation*）有下列的统计：

全世界摩托车	二七，五〇〇，〇〇〇
美国摩托车	二二，三三〇，〇〇〇

美国摩托车数占全世界百分之八十一。

美国人口平均每五人有车一辆。

去年（1926）美国造的摩托车凡四百五十万辆，出口五十万辆。

美国的路上，无论是大城里或乡间，都是不断的汽车。《纽约时报》上曾说一个故事：有一个北方人驾着摩托车走过Miami的一条大道，他开的速度是每点钟三十五英里。后面一个驾着两轮摩托车的警察赶上来问他为什么挡住大路。他说："我开的已是三十五里了。"警察喝道："开六十里！"

今年三月里我到费城（Philadelphia）演讲，一个朋友请我到乡间Haverford去住一天。我和他同车往乡间去，到了一处，只见那边停着一二百辆摩托车。我说："这里开汽车赛会吗？"他用手指道："那边不在造房子吗？这些都是木匠泥水匠坐来做工的汽车。”

这真是一个摩托车的国家！木匠泥水匠坐了汽车去做工，大学教员自己开着汽车去上课，乡间儿童上学都有公共汽车接送，农家出的鸡蛋牛乳每天都自己用汽车送上火车或直送进城。十字街头，向来总有一两家酒店的；近年酒禁实行了，十字街头往往建着汽油的小站。车多了，停车的空场遂成为都市建筑的一个大问题。此外还发生了许多连带的问题，很能使都市因此改观。例如我到丹佛城（Denver），看见墙上都没有街道的名字，我很诧异。后来才看见街名都用白漆写在马路两边的“行道”（Pavement or Side Walk）的底下，为的是要使夜间汽车灯光容易照着。这一件事便可以看出摩托车在都市经营上的影响了。

摩托车的文明的好处真是一言难尽。汽车公司近年通行“分月付款”的法子，使普通人家都可以购买汽车。据最近统计，去年一年之中美国人买的汽车有三分之二是分月付钱的。这种人家向来是不肯出远门的。如今有了汽车，旅行便利了，所以每日工作完毕之后，回家带了家中妻儿，自己开着汽车，到郊外去游玩；每星期日，可以全家到远地旅行游览。例如旧金山的“金门公园”，远在海滨，可以纵观太平洋上的水光岛色；每到星期日，四方男女来游的真是人山人海！这都是摩托车的恩赐。这种远游的便利可以增进健康，开拓眼界，增加知识——这都是我们在轿子文明与人力车文明底下想象不到的幸福。

最大的功效还在人的官能的训练。人的四肢五官都是要训练的。不练就不灵巧了，久不练就迟钝麻木了。中国乡间的老百姓，看见汽车来了，往往手足失措，不知道怎样回避；你尽着呜呜地压着号筒，他们只听不见；连街上的狗与鸡也只是懒洋洋地踱来摆去，不知避开。但是你若把这班老百姓请到上海来，请他们从先施公司走到永安公司去，他们便不能不用耳目手足了。走过大马路的人，真如《封神传》上的黄天化说的“须要眼观四处，耳听八方”。你若眼不明，耳不听，手足不灵动，必难免危险。这便是摩托车文明的训练。

美国的汽车大概都是各人自己驾驶的。往往一家中，父母子女都会开车。人工贵了，只有顶富的人家可以雇人开车。这种开车的训练真是“胜读十年书”！你开着汽车，两手各有职务，两脚也各有职务，眼要观四处，耳要听八方，还要手足眼耳一时并用，同力合作。你不但要会开车，还要会修车；随你是什么大学教授，诗人诗哲，到了半路车坏的时候，也不能不卷起袖管，替机器医病。什么书呆子，书踱头，傻瓜，若受了这种训练，都不会四体不勤，五官不灵了。你们不常听见人说大学教授“心不在焉”的笑话吗？我这回新到美国，有些大学教授如孟禄博士等请我坐他们自己开的车，我总觉得有点栗栗危惧，怕他们开到半路上忽然想起什么哲学问题或天文学问题来，那才危险呢！但是我经过几回之后，才觉得这些大学教授已受了摩托车文明的洗礼，把从前的“心不在焉”的呆气都赶跑了，坐在轮子前便一心在轮子上，手足也灵活了，耳目也聪明了！猗欤休哉！摩托车的教育！

三　一个劳工代表

有些自命“先知”的人常常说：“美国的物质发展终有到头的一天；到了物质文明破产的时候，社会革命便起来了。”

我可以武断地说：美国是不会有社会革命的，因为美国天天在社会革命之中。这种革命是渐进的，天天有进步，故天天是革命。如所得税的实行，不过是十四年来的事，然而现在所得税已成了国家税收的一大宗，巨富的家私有纳税百分之五十以上的。这种“社会化”的现象随地都可以看见。从前马克思派的经济学者说资本愈集中则财产所有权也愈集中，必做到资本全归极少数人之手的地步。但美国近年的变化却是资本集中而所有权分散在民众。一个公司可以有一万万的资本，而股票可由雇员与工人购买，故一万万元的资本就不妨有一万人的股东。近年移民进口的限制加严，贱工绝迹，故国内工资天天增涨；工人收入既丰，多有积蓄，往往购买股票，逐渐成为小资本家。不但白人如此，黑人的生活也逐渐抬高。纽约城的哈伦区，向为白人居住的，十年之中土地房屋全被发财的黑人买去了，遂成了一片五十万人的黑人区域。人人都可以做有产阶级，故阶级战争的煽动不发生效力。

我且说一件故事。

我在纽约时，有一次被邀去参加一个“两周讨论会”（Fortnightly Forum）。这一次讨论的题目是“我们这个时代应该叫什么时代？”十八世纪是“理智时代”，十九世纪是“民治时代”，这个时期应该叫什么？究竟是好是坏？

依这个讨论会规矩，这一次请了六位客人作辩论员：一个是俄国克伦斯基革命政府的交通总长；一个是印度人；一个是我；一个是有名的“效率工程师”（Efficiency Engineer），是一位老女士；一个是纽约有名的牧师Holmes；一个是工会代表。

有些人的话是可以预料的。那位印度人一定痛骂这个物质文明时代，那位俄国交通总长一定痛骂鲍尔雪维克，那位牧师一定是很悲观的，我一定是很乐观的，那位女效率专家一定鼓吹她的效率主义。一言表过不提。

单说那位劳工代表Frahne（?）先生。他站起来演说了。他穿着晚餐礼服，挺着雪白的硬衬衫，头发苍白了。他站起来，一手向里面衣袋里抽出一卷打字的演说稿，一手向外面袋里摸出眼镜盒，取出眼镜戴上。他高声演说了。

他一开口便使我诧异。他说：“我们这个时代可以说是人类有历史以来最好的最伟大的时代，最可惊叹的时代。”

这是他的主文。以下他一条一条地举例来证明这个主旨。他先说科学的进步，尤其注重医学的发明；次说工业的进步；次说美术的新贡献，特别注重近年的新音乐与新建筑。最后他叙述社会的进步，列举资本制裁的成绩，劳工待遇的改善，教育的普及，幸福的增加。他在十二分钟之内描写世界人类各方面的大进步，证明这个时代是人类有史以来最好的时代。

我听了他的演说，忍不住对自己说道：“这才是真正的社会革命。”社会革命的目的就是要做到向来被压迫的社会分子能站在大庭广众之中歌颂他的时代为人类有史以来最好的时代。

四 往西去！

我在莫斯科住了三天，见着一些中国共产党的朋友，他们很劝我在俄国多考察一些时。我因为要赶到英国去开会，所以不能久留。那时冯玉祥将军在莫斯科郊外避暑，我听说他很崇拜苏俄，常常绘画列宁的肖像。我对他的秘书刘伯坚诸君说："我很盼望冯先生从俄国向西去看看。即使不能看美国，至少也应该看看德国。"

我的老朋友李大钊先生在他被捕之前一两月曾对北京朋友说："我们应该写信给适之，劝他仍旧从俄国回来，不要让他往西去打美国回来。"但他说这话时，我早已到了美国了。

我希望冯玉祥先生带了他的朋友往西去看看德国美国，李大钊先生却希望我不要往西去。要明白此中的意义，且听我再说一件有趣味的故事。

我在日本时，同了马伯援先生去访问日本最有名的经济学家福田德三博士。我说："福田先生，听说先生新近到欧洲游历回来之后，先生的思想主张颇有改变，这话可靠吗？"

他说："没有什么大的改变。"

我问："改变的大致是什么？"

他说："从前我主张社会政策；这次从欧洲回来之后，我不主张这种妥协的，缓和的社会政策了。我现在以为这其间只有两条路：不是纯粹的马克思派社会主义，就是纯粹的资本主义。没有第三条路。"

我说："可惜先生到了欧洲不曾走的远点，索性到美国去看看，也许可以看见第三条路，也未可知。”

福田博士摇头说：“美国我不敢去，我怕到了美国会把我的学说完全推翻了。

我说：“先生这话使我颇失望。学者似乎应该尊重事实。若事实可以推翻学说，那么，我们似乎应该抛弃那学说，另寻更满意的假设。”

福田博士摇头说：“我不敢到美国去。我今年五十五了，等到我六十岁时，我的思想定了，不会改变了，那时候我要往美国看看去。”

这一次的谈话给了我一个绝大的刺激。世间的大问题决不是一两个抽象名词（如“资本主义”“共产主义”等等）所能完全包括的。最要紧的是事实。现今许多朋友却只高谈主义，不肯看看事实。孙中山先生曾引外国俗语说：“社会主义有五十七种，不知那一种是真的。”岂但社会主义有五十七种？资本主义还不止五百七十种呢！拿一个“赤”字抹杀新运动，那是张作霖吴佩孚的把戏。然而拿一个“资本主义”来抹杀一切现代国家，这种眼光究竟比张作霖吴佩孚高明多少？

朋友们，不要笑那位日本学者。他还知道美国有些事实足以动摇他的学说，所以他不敢去。我们之中却有许多人决不承认世上会有事实足以动摇我们的迷信的。

五　东方人的“精神生活”

我到纽约后的第十天——一月二十一日——《纽约时报》上登出一条很有趣味的新闻：

昨天下午一点钟，纽吉赛邦的恩格儿坞（Englewood, N. J.）的山郎先生住宅面前，围了许多男男女女，小孩子，小狗，等着要看一位埃及道人（Fakir）名叫哈密（Hamid Bey）的被活埋的奇事。

哈密道人站在那掘好的坟坑旁边；微微的雨点洒在他的飘飘的长袍上。他身边站着两个同道的助手。

人越来越多了。到了一点一分的时候，哈密道人忽然倒在地下，不省人事了。两个请来的医生同了三个报馆访员动手把他的耳朵，鼻子，嘴，都用棉花塞好。随后便有人来把哈密道人抬下坟坑，放在坟里的内穴里。他脸上撒了一薄层的沙。内穴上面用木板盖好。

内穴上面还有三尺深的空坑，他们也用泥土填满了。填满了后，活埋的工作算完了。

到场的许多人都走进山郎先生的家里去吃茶点。山郎夫人未嫁之前就是那位绰号“千眼姑娘”的李麻小姐。她在那边招待来宾，大家谈着“人生无涯”一类的问题，静候那活埋道人的复活。

一点钟过去了。……一点半过去了。……两点钟过去了。……

到了下午四点，三个爱耳兰的工人动手把坟掘开。三个黑种工人站在旁边陪着，——也许是给那三个白种同伴镇压邪鬼罢。

四点钟敲过不久，哈密道人扶起来了。扶到了空气里，他便颤动了，渐渐活过来了。他低低地喊了一声“胡帝尼”，微微一笑，他回生了。

他未埋之先，医生验过他的脉跳是七十二，呼吸是十八。复活之后，脉跳与呼吸仍是七十二与十八。他在坑里足足埋了两点五十二分。

这回的安排布置全是勒乌公司（Loew’s）的杜纳先生办理的。杜纳先生说，本想同这位埃及道人订一个“杂耍戏”的契约，不过还得考虑一会，因为看戏的人等不得三个钟头就都会跑光了。

哈密道人却很得意，他说他还可以活埋三天咧。

美国是个有钱的地方，世界各国的奇奇怪怪的宗教掮客都赶到这里来招揽信徒，炫卖花样。前一年，有个埃及道人名叫拉曼（Rahman）的，自称能收敛心神，停止呼吸。他当大众试验，闭在铁棺内，沉在赫贞河里，过一点钟之久。当时美国有大幻术家胡帝尼（Harry Houdini）研究此事，说这不是停止呼吸，乃是一种“浅呼吸”，是可以操练出来的。胡帝尼自己练习，到了去年夏间，他也公开试验：睡在铁棺里，叫人沉在纽约谢尔敦大旅馆的水池里，过了一点半钟，方才捞起来。开棺之后，依然复生，不过脉跳增加至一百四十二跳而已。胡帝尼的成绩比拉曼加长半点钟，颇能使人明白这种把戏不过是一种技术上的训练，并没有什么精神作用。

胡帝尼死后，这班东方道人还不服气，所以有今年一月二十日哈密道人的公开试验。哈密的成绩又比胡帝尼加长了八十二分钟，应该够得上和勒乌公司订六个月的“杂耍戏”的契约了，然而杜纳先生又嫌活埋三点钟太干燥无味了，怕不能号召看戏的群众！可惜，可惜！大概哈密先生和他的道友们后来仍旧回到东方去继续他们的“内心生活”了罢。

胡帝尼的试验的精神是很可佩服的。其实即使这班东方道人真能活埋三点钟以至三天，完全停止呼吸，这又算得什么精神生活？这里面那有什么“精神的分子”？泥里的蚯蚓，以至一切冬天蛰伏的爬虫，不是都能这样吗？

六 麻 将

前几年，麻将牌忽然行到海外，成为出口货的一宗。欧洲与美洲的社会里，很有许多人学打麻将的；后来日本也传染到了。有一个时期，麻将竟成了西洋社会里最时髦的一种游戏：俱乐部里差不多桌桌都是麻将，书店里出了许多种研究麻将的小册子，中国留学生没有钱的可以靠教麻将吃饭挣钱。欧美人竟发了麻将狂热了。

谁也梦想不到东方文明征服西洋的先锋队却是那一百三十六个麻将军！

这回我从西伯利亚到欧洲，从欧洲到美洲，从美洲到日本，十个月之中，只有一次在日本京都的一个俱乐部里看见有人打麻将牌。在欧美简直看不见麻将了。我曾问过欧洲和美国的朋友，他们说：“妇女俱乐部里，偶然还可以看见一桌两桌打麻将的，但那是很少的事了。”我在美国人家里，也常看见麻将牌盒子——雕刻装潢很精致的——陈列在室内，有时一家竟有两三副的。但从不见主人主妇谈起麻将；他们从不向我这位麻将国的代表请教此中的玄妙！麻将在西洋已成了架上的古玩了；麻将的狂热已退凉了。

我问一个美国朋友，为什么麻将的狂热过去的这样快？他说："女士太太们喜欢麻将，男子们却很反对，终于是男子们战胜了。"

这是我们意想得到的。西洋的勤劳奋斗的民族决不会做麻将的信徒，决不会受麻将的征服。麻将只是我们这种好闲爱荡，不爱惜光阴的"精神文明"的中华民族的专利品。

当明朝晚年，民间盛行一种纸牌，名为"马吊"。马吊中有四十张牌，有一文至九文，一千至九千，一万至九万等，等于麻将牌的筒子，索子，万子。还有一张"零"，即是"白板"的祖宗。还有一张"千万"，即是徽州纸牌的"千万"。马吊牌上每张上画有《水浒传》的人物。徽州纸牌上的"王英"即是矮脚虎王英的遗迹。乾隆嘉庆间人汪师韩的全集里收有几种明人的马吊牌（在《丛睦汪氏丛书》内）。

马吊在当日风行一时，士大夫整日整夜的打马吊，把正事都荒废了。所以明亡之后，吴梅村作《绥寇纪略》说，明之亡是亡于马吊。

三百年来，四十张的马吊逐渐演变，变成每样五张的纸牌，近七八十年中又变为每样四张的麻将牌。（马吊三人对一人，故名"马吊脚"，省称"马吊"；"麻将"为"麻雀"的音变，"麻雀"为"马脚"的音变。）越变越繁复巧妙了，所以更能迷惑人心，使国中的男男女女，无论富贵贫贱，不分日夜寒暑，把精力和光阴葬送在这一百三十六张牌上。

英国的“国戏”是Cricket，美国的国戏是Baseball，日本的国戏是角抵。中国呢？中国的国戏是麻将。

麻将平均每四圈费时约两点钟。少说一点，全国每日只有一百万桌麻将，每桌只打八圈，就得费四百万点钟，就是损失十六万七千日的光阴，金钱的输赢，精力的消磨，都还在外。

我们走遍世界，可曾看见那一个长进的民族，文明的国家，肯这样荒时废业的吗？一个留学日本的朋友对我说：“日本人的勤苦真不可及！到了晚上，登高一望，家家板屋里都是灯光；灯光之下，不是少年人跳着读书，便是老年人跪着翻书，或是老妇人跪着做活计。到了天明，满街上，满电车上都是上学去的儿童。单只这一点勤苦就可以征服我们了。”

其实何止日本？凡是长进的民族都是这样的。只有咱们这种不长进的民族以“闲”为幸福，以“消闲”为急务，男人以打麻将为消闲，女人以打麻将为家常，老太婆以打麻将为下半生的大事业！

从前的革新家说中国有三害：鸦片，八股，小脚。鸦片虽然没禁绝，总算是犯法的了。虽然还有做“洋八股”与更时髦的“党八股”的，但八股的四书文是过去的了。小脚也差不多没有了。只有这第四害，麻将，还是日兴月盛，没有一点衰歇的样子，没有人说它是可以亡国的大害。新近麻将先生居然大摇大摆地跑到西洋去招摇一次，几乎做了鸦片与杨梅疮的还敬礼物。但如今它仍旧缩回来了，仍旧回来做东方精神文明的国家的国粹，国戏！

（原载于1927年《现代评论》第6卷第140、141、145期。）

南游杂忆

我这一次因为接受香港大学的名誉学位，作第一次的南游，在香港住了五天，在广州住了两天半，在广西住了十四天。这些地方都是我多年想去而始终没有去成的，这回得有畅游的机会，使我很快慰。可惜南方的朋友待我太好了，叫我天天用嘴吃喝，天天用嘴说话，嘴太忙了，所以用眼睛耳朵的机会就太少了。前后二十多天之中，我竟没有工夫记日记。后来在《大公报》和《国闻周报》上读了胡政之先生的两种两粤游记，我很感觉惭愧。他游两粤，恰在我之后，走的路也恰和我走的大致一样；但他是一个有训练的名记者，勤于记载每天的观察，所以他的游记很可供读者的参考。我因为当时没有日记，回家后又两次患流行感冒，前后在床上睡了十天，事隔日久，追忆起来更模糊了。但因为许多朋友的催逼，所以我决定写出一些追忆的印象和事实，做我第一次南游的报告。

（一）香　港

我在元旦上午坐哈里生总统船南下，一月四日早晨到香港，住在香港大学副校长韩耐儿（Sir William Hornell）的家里。我在香港的日程，先已托香港大学文学院长佛斯脱先生（Dr. L. Forster）

代为排定。西洋人是能体谅人的，所以每天上午都留给我自由支配，一切宴会讲演都从下午一点开始。所以我在港五天，比较很从容，玩了不少地方。

船到香港时，天还未明，我在船面上眺望，看那轻雾中的满山灯光，真像一天繁星。韩校长的家在半山，港大也在半山，在山上望见海湾，望见远近的岛屿，气象比青岛大连更壮丽。香港的山虽不算很高，但几面都靠海，山和海水的接近，是这里风景的特色。有一天佛斯脱先生夫妇邀我去游览香港市的背面的山水，遍览浅水湾，深水湾，香港仔，赤柱各地。阳历的一月正是香港最好的天气。满山都是绿叶，到处可以看见很浓艳的鲜花；我们久居北方的人，到这里真有“赶上春了”的快乐。我们在山路上观看海景，到圣士梯反学校小坐喝茶，看海上的斜阳，风景特别清丽。晚上到佛斯脱先生家去吃饭，坐电车上山，走上山顶（The Peak），天已黑了，山顶上有轻雾，远望下去，看那全市的灯火，气象比纽约和旧金山的夜色还更壮丽。有个朋友走遍世界的，曾说，香港的夜景，只有南美洲巴西首都里阿德耶内罗（Rio de Janeiro）和澳洲的西德内（Sidney）两处可以相比。过了一天，有朋友邀我去游九龙，因时间太晚，走的不远，但大埔和水塘一带的风景的美丽已够使我们惊异了。

有一天，我在扶轮社午餐后演说，提到香港的风景之美，我说：香港应该产生诗人和画家，用他们的艺术来赞颂这里的海光山色。有些人听了颇感觉诧异。他们看惯了，住腻了，终日只把这地方看作一个吃饭做买卖的商场，所以不能欣赏那山水的美景了。但二十天之后，我从广西回到香港时，有人对我说，香港商会现在决定要编印一部小册子，描写香港的风景，他们准备印两万本，来宣传香港的山水之美！

香港大学最有成绩的是医科与工科，这是外间人士所知道的。这里的文科比较最弱，文科的教育可以说是完全和中国大陆的学术思想不发生关系。这是因为此地英国人士向来对于中国文史太隔膜了，此地的中国人士又太不注意港大文科的中文教学，所以中国文字的教授全在几个旧式科第文人的手里，大陆上的中文教学早已经过了很大的变动，而港大还完全在那变动大潮流之外。近年副校长韩君与文学院长佛君都很注意这个问题，他们两人去年都曾到北方访问考查；去年夏天港大曾请广东学者陈受颐先生和容肇祖先生到这里来研究港大的中文教学问题，请他们自由批评并指示改革的途径。这种虚心的态度是很可以佩服的。我在香港时，很感觉港大当局确有改革文科中国文字教学的诚意，本地绅士如周寿臣、罗旭和诸先生也都热心赞助这件改革事业。但他们希望一个能主持这种改革计画的人，这个人必须兼有四种资格：（一）须是一位高明的国学家；（二）须能通晓英文，能在大学会议席上为本系辩护；（三）须是一位有管理才干的人；（四）最好须是一位广东籍的学者。因为这样的人才一时不易得，所以这件改革事业至今还不曾进行。

香港大学创始于爱里鹗爵士（Sir Charles Eliot），此君是一位博学的学者，精通梵文和巴利（Pali）文，著有《印度教与佛教》三钜册；晚年曾任驻日本大使，退休后即寄居奈良，专研究日本的佛教，想著一部专书。书稿未成，他因重病回国，死在印度洋的船上。一九二七年五月，我从美国回来，过日本奈良，曾在奈良旅馆里见着他。那一天同餐的，有法国的勒卫先生（Sylvan Levi），瑞士（现改法国籍）的戴弥微先生（Demieville），日本的高楠顺次郎先生和法隆寺的佐伯方丈，五国的研究佛教的学人聚在一堂，可称盛会。于今不过八年，那几个人都云散了，而当日餐会的主人已葬在海底了！

爱里鹗校长是最初推荐钢和泰先生（Baron Stael-Holstein）给北京大学的人。钢先生从此留在北京，研究佛教，教授梵文和藏文，至今十五六年了。香港大学对中国学术上的贡献，大概要算这件事为最大。可惜爱里鹗以后，这样的学术上的交通就不曾继续了。

香港的教育问题，不仅是港大的中文教学问题。我在香港曾和巢坤霖先生罗仁伯先生细谈，才知道中小学的中文教学问题更是一个急待救济的问题。香港的人口，当然绝大数是中国人。他们的儿童入学，处处感觉困难。最大的困难是那绝大多数的华文学校和那少数的英文中学不能相衔接，华文学校是依中国新学制的六六制办的，小学六年，中学也六年。英文中学却有八年。依年龄的分配，在理论上，一个儿童读了四年小学，应该可以接上英文中学的最低级（第八级）。事实上却不然，华人子弟往往要等到初中二、三年（即第八、九年）方才能考英文中学。其间除了英文之外，其余的他种学科都是学过了还须重习的。这样的不相衔接，往往使儿童枉费去三年至五年的光阴。所以这是一个最严重的问题。香港与九龙的华文学校约有八百所，其中六百校是完全私立的，二百校是稍有政府津贴的。英文中学校之中，私立的约有一百校，其余最好的三十校又分三种：一种是官立的，一种是政府补助的，一种是英国教会办的。因为全港受英国统治与商业的支配，故学生的升学当然大家倾向那三十所设备最好的英文中学。无力升学的学生，也因为工商业都需要英文与英语，也都有轻视其他学科的倾向，还有一些人家，因为香港生活程度太高，学费太贵，往往把子弟送往内地去求学；近年中国学校不能收未立案的学校的学生，所以香港儿童如想在内地升学，必须早入中国的立案学校。所以香港的中小学的教学问题最复杂。家长大都希望子弟能早学英文，又都希望他们能多学一点中国文字，同时广东人的守旧风气又使他们迷恋中国古文，不肯澈底改用国语课本。结果是在绝大多数的中文学校里，文言课本还是很占势力，师资既不易得，教学的成绩自然不会好了。

罗仁伯先生是香港中文学校的视学员，他是很虚心考虑这个中文教学问题的，他也不反对白话文。但他所顾虑的是：白话不是广东人的口语，广东儿童学白话未必比学文言更容易，也未必比学文言更有用。这不仅是他一个人的顾虑。广东朋友往往有这种见解。其实这种意思是错的。第一，今日的“国语”本是一种活的方言，因为流行最广，又已有文学作品做材料，所以最容易教学，学了也最有用。广东话也是一种活的方言，但流行比较不远，又产生的文学材料太少，所以不适宜用作教学工具。广东人虽不说国语，但他们看白话小说，新作白话文字，究竟比读古文书容易的多多了。第二，“广东话”决不能解决华南一带语言教学问题，因为华南的语言太复杂了，广州话之外，还有客话，潮州话，等等。因为华南的语言太复杂了，所以用国语作统一的语言实在比在华北华中还更需要。第三，古文是不容易教的，越下去，越不容易得古文师资了。而国语师资比较容易培养。第四，国语实在比古文丰富的多，从国语入手，把一种活文字弄通顺了，有志学古文的人将来读古书也比较容易。第五，我想香港的小学中学若澈底改用国语课本，低级修业年限或可以缩短一二年。将来谋中文学校与英文中学的衔接与整理，这也许是很可能的一个救济方法——所以我对于香港的教育家，很诚恳的希望他们一致的改用国语课本。

我在香港讲演过五次：三次用英文，两次用国语。在香港用国语讲演，不是容易的事。一月六日下午，我在香港华侨教育会向两百多华文学校的教员演说了半点钟，他们都说可以勉强听官话，所以不用翻成广东话。我说的很慢，自信是字字句句清楚的。因为我怕他们听不明白，所以这篇演说里没有一句不是很浅近的话。第二天各华字报登出会场的笔记，我在《大光报》上读了一遍，觉得大旨不错，我很高兴，因为这样一篇有七八成正确的笔记使我相信香港的中小学教员听国语的程度并不坏，这是最可乐观的现象，在十年前这是决不可能的。后来广州各报转载的，更后来北方各报转载的，大概都出于一个来源，都和《大光报》相同。其中当然有一些听错的地方，和记述白话语气不完全的地方。例如我提到教育部王部长的广播演说，笔记先生好像不知道王世杰先生，所以记作汪精卫先生了。又如我是很知道广州人对香港的感情的，所以我很小心的说“我希望香港的教育家接受新文化，用和平手段转移守旧势力，使香港成为南方的一个新文化中心”，我特别把“一个新文化中心”说的很清楚，但笔记先生好像不曾做惯白话文，他轻轻的把“一个”两字丢掉了，后来引起了广州人士不少的醋意！又如最后笔记先生记的有这样一句话：

> 现在不同了。香港最高级教育当局也想改进中国的文化。

这当然是很错误的记录：我说的是香港最高教育当局现在也想改善大学里的中国文学的教学了，所以我接着说港大最近请两位中国学者来计画中文系的改革的事业。凡有常识而无恶意的读者，看了上下文，决不会在这一句上挑眼的，谁知这句句子后来在中山大学邹校长的笔下竟截去了上下文，成了一句天下驰名的名句！

那篇演说，因为各地报纸都转载了，并且除了上述各点小误之外，记载的大体不错，所以我不用转载在这里了。我的大意是劝告香港教育家充分利用香港的治安和财富，努力早日做到普及教育；同时希望他们接受中国大陆的新潮流，在思想文化上要向前走，不要向后倒退。可是我在后半段里提到广东当局反对白话文，提倡中小学读经的政策。我说的很客气，笔记先生记的是：

> 现在广东很多人反对用语体文，主张用古文；不但古文，而且还提倡读经书。我真不懂。因为广州是革命策源地，为什么别的地方已经风起云涌了，而革命策源地的广东尚且守旧如此。

这段笔记除了“风起云涌”四个字和“尚且”二字我决不会用

的，此外的语气大致不错。我说的虽然很客气，但读经是陈济棠先生的政策，并且曾经西南政务会议正式通令西南各省，我的公开反对是陈济棠先生不肯轻轻放过的。于是我这篇最浅近的演说在一月八日《广州报纸》上登出之后，就引起很严重的反对。我丝毫不知道这回事，八日的晚上，我上了“泰山”轮船，一觉醒来，就到了广州。

罗文干先生每每取笑我爱演说，说我“卖膏药”。我不懂这句话的意思，直到那晚上了轮船，我才明白了。我在头等舱里望见一个女人在散舱里站着演说，我走过去看，听不懂她说的是什么问题，只觉得她侃侃而谈，滔滔不绝，很像是一位有经验的演说大家。后来问人，才知道她是卖膏药的，在那边演说她手里的膏药的神效。我忍不住暗笑了；明天早起，我也上省卖膏药去！

（二）广　州

一月九日早晨六点多，船到了广州，因为大雾，直到七点，船才能靠码头。有一些新旧朋友到船上来接我，还有一些新闻记者围住我要谈话。有一位老朋友托人带了一封信来，要我立时开看。我拆开信，中有云：“兄此次到粤，诸须谨慎。”我不很了解，但我知道这位朋友说话是可靠的。那时和我同船从香港来的有岭南大学教务长陈荣捷先生，到船上来欢迎的有中山大学文学院长吴康先生，教授朱谦之先生，还有地方法院院长陈达材先生，他们还不知道广州当局对我的态度。陈荣捷先生和吴康先生还在船上和我商量我的讲演和宴会的日程。那日程确是可怕！除了原定的中山大学和岭南大学各讲演两次之外，还有第一女子中学，青年会，欧美同学会等，四天之中差不多有十次讲演。上船来的朋友还告诉我：中山大学邹鲁校长出了布告，全校学生停课两天，使他们好去听我的讲演。又有人说：青年会昨天下午开始卖听讲券，一个下午卖出了两千多张。

我跟着一班朋友到了新亚酒店。已是八点多钟了。我看广州报纸，才知道昨天下午西南政务会议开会，就有人提起胡适在香港华侨教育会演说公然反对广东读经政策，但报纸上都没有明说政务会决决定如何处置我的方法。一会儿，吴康先生送了一封信来，说：

> 适晤邹海滨先生云：此间党部对先生在港言论不满，拟劝先生今日快车离省，暂勿演讲，以免发生纠纷。

邹吴两君的好意是可感的，但我既来了，并且是第一次来观光，颇不愿意就走开。恰好陈达材先生问我要不要看看广州当局，我说：林云陔主席是旧交，我应该去看看他。达材就陪我去到省政府，见着林云陔先生，他大谈广东省政府的"三年建设计画"。他问我要不要见见陈总司令，我说，很好。达材去打电话，一会儿他回来说：陈总司令本来今早要出发向派出剿匪的军队训话，因为他要和我谈话，特别改迟出发。总司令部就在省政府隔壁，可以从楼上穿过去。我和达材走过去，在会客室里略坐，陈济棠先生就进来了。

陈济棠先生的广东官话我差不多可以全懂。我们谈了一点半钟，大概他谈了四十五分钟，我也谈了四十五分钟。他说的话很不客气：“读经是我主张的，祀孔是我主张的，拜关岳也是我主张的。我有我的理由。”他这样说下去，滔滔不绝。他说：“我民国十五年到莫斯科去研究，我是预备回来做红军总司令的。”但他后来觉得共产主义是错的，所以他决心反共了。他继续说他的两大政纲；第一是生产建设，第二是做人。生产的政策就是那个“三年计画”，包括那已设未设的二十几个工厂，其中有那成立已久的水泥厂，有那前五六年才开工出糖的糖厂。他谈完了他的生产建设，转到“做人”，他的声音更高了，好像是怕我听不清似的。他说：生产建设可以尽量用外国机器，外国科学，甚至于不妨用外国工程师。但“做人”必须有“本”，这个“本”必须要到本国古文化里去寻求。这就是他主张读经祀孔的理论。他演说这“生产”“做人”两大股，足足说了半点多钟。他的大旨和胡政之先生《粤桂写影》所记的陈济棠先生一小时半的谈话相同，大概这段大议论是他时常说的。

我静听到他说完了，我才很客气的答他，大意说：“依我的看法，伯南先生的主张和我的主张只有一点不同。我们都要那个‘本’，所不同的是：伯南先生要的是‘二本’，我要的是‘一本’。生产建设须要科学，做人须要读经祀孔，这是‘二本’之学。我个人的看法是：生产要用科学知识，做人也要用科学知识，这是‘一本’之学。”

他很严厉的睁看两眼，大声说：“你们都是忘本！难道我们五千年的老祖宗都不知道做人吗？”

我平心静气的对他说：“五千年的老祖宗，当然也有知道做人的。但就绝大多数的老祖宗说来，他们在许多方面实在够不上做我们‘做人’的榜样。举一类很浅的例子来说罢。女人裹小足，裹到骨头折断，这是全世界的野蛮民族都没有的惨酷风俗。然而我们的老祖宗安然行了一千多年。大圣大贤，两位程夫子没有抗议过，朱夫子也没有抗议过，王阳明、文文山也没有抗议过。这难道是做人的好榜样？”

他似乎很生气，但也不能反驳我。他只能骂现存中国的教育，说“都是亡国的教育”；他又说，现在中国人学的科学，都是皮毛，都没有“本”，所以都学不到人家的科学精神，所以都不能创造。在这一点上，我不能不老实告诉他：他实在不知道中国这二十年中的科学工作。我告诉他：现在中国的科学家也有很能做有价值的贡献的了，并且这些第一流的科学家又都有很高明的道德。他问，“有些什么人？”我随口举了数学家的姜蒋佐，地质学家的翁文灏、李四光，生物学家的秉志，——都是他不认识的。

关于读经问题，我也很老实的对他说：我并不反对古经典的研究，但我不能赞成一班不懂得古书的人们假借经典来做复古的运动。“这回我在中山大学的讲演题目本来是两天都讲‘儒与孔子’，这也是古经典的一种研究。昨天他们写信到香港，要我一次讲完，第二次另讲一个文学的题目。我想读经问题正是广东人眼前最注意的问题，所以我告诉中山大学吴院长，第二题何不就改作‘怎样读经？’我可以同这里的少年人谈谈怎样研究古经典的方法。”我说这话时，陈济棠先生回过头去望着陈达材，脸上做出一种很难看的狞笑。我当作不看见，仍旧谈下去。但我现在完全明白是谁不愿意我在广州“卖膏药”了！

以上记的，是我们那天谈话的大概神情。旁听的只有陈达材先生一位。出门的时候，达材说，陈伯南不是不能听人忠告的，他相信我的话可以发生好影响。我是相信天下没有白费的努力的，但对达材的乐观，我却不免怀疑。这种久握大权的人，从来没有人敢对他们说一句逆耳之言，天天只听得先意承志的阿谀谄媚，如何听得进我的老实话呢？

在这里我要更正一个很流行的传说。在十天之后，我在广西遇见一位从广州去的朋友，他说，广州人盛传胡适之对陈伯南说，“岳武穆曾说，‘文官不要钱，武官不怕死，天下太平矣’。我们此时应该倒过来说，‘武官不要钱，文人不怕死，天下太平矣’。”——这句话确是我在香港对胡汉民先生说的。我在广州，朋友问我见过胡展堂没有，我总提到这段谈话。那天见陈济棠先生时，我是否曾提到这句话，我现在记不清了。大概广州人的一般心理，觉得这句话是我应该对陈济棠将军说的，所以不久外间就有了这种传说。

我们从总司令部出来，回到新亚酒店，罗钧任先生，但怒刚先生，刘毅夫（沛泉）先生，罗努生先生，黄深微（骚）先生，陈荣捷先生，都在那里。中山大学文学院长吴康先生又送了一封信来，说：

> 鄙意留省以勿演讲为妙。党部方面空气不佳，发生纠纷，反为不妙。邹先生云：昨为党部高级人员包围，渠无法解释。故中大演讲只好布告作罢。渠云，个人极推重先生，

故前布告学生停课出席听先生讲演。惟事已至此，只好向先生道歉，并劝先生离省，冀免发生纠纷。

一月九日午前十一时。

邹校长的为难，我当然能谅解。中山大学学生的两天放假没有成为事实，我却可以得着四天的假期，岂不是意外的奇遇？所以我和陈荣捷先生商量，爽性把岭南大学和其他几处的讲演都停止了，让我痛痛快快的玩两天。我本来买了来回船票，预备赶十六日的塔虎脱总统船北回，所以只预备在广州四天，在梧州一天。现在我和西南航空公司刘毅夫先生商量，决定在广州只玩两天，又把船期改到十八日的麦荆尼总统船，前后多出四天，坐飞机又可以省出三天，我有七天（十一——十八）可以飞游南宁和柳州、桂林了。罗钧任先生本想游览桂林山水，他到了南宁，因为他的哥哥端甫先生（文庄）死了，他半途折回广州。他和罗努生先生都愿意陪我游桂林，我先去梧州讲演，钧任等到十三日端甫开吊事完，飞到南宁会齐，同去游柳州、桂林。我们商量定了，我很高兴，就同陈荣捷先生坐小汽船过河到岭南大学钟荣光校长家吃午饭去了。

那天下午五点，我到岭南大学的教职员茶会。那天天气很热，茶会就在校中的一块草地上，大家团坐吃茶点谈天。岭大的学生知道了，就有许多学生来旁观。人越来越多，就把茶会的人包围住了。起先他们只在外面看着，后来有一个学生走过来对我说："胡先生肯不肯在我的小册子上写几个字？"我说可以，他就摸出一本小册来请我题字。这个端一开，外面的学生就拥进茶会的团坐圈子里来了。人人都拿着小册子和自来水笔，我写的手都酸了。天渐黑下来了，草地上蚊子多的很，我的薄袜子抵挡不住，我一面写字，一面运动两只脚，想赶开蚊子。后来陈荣捷先生把我拉走，我上车时，两只脚背都肿了好几块。

晚上黄深微先生和他的夫人邀我到他们家中去住，我因为旅馆里来客太多，就搬到东山，住在他们家里。十点钟以后，报馆里有人送来明天新闻的校样，才知道中山大学邹鲁校长今天出了这样一张布告：

国立中山大学布告第七十九号

为布告事。前定本星期四五两日下午二时请胡适演讲。业经布告在案。现阅香港《华字日报》。胡适此次南来接受香港大学博士学位之后。在港华侨教育会所发表之言论。竟谓香港最高教育当局。也想改进中国的文化。又谓各位应该把他做成南方的文化中心。复谓广东自古为中国的殖民地等语。此等言论。在中国国家立场言之。胡适为认人作父。在广东人民地位言之。胡适竟以吾粤为生番蛮族。实失学者态度。应即停止其在本校演讲。合行布告。仰各学院各附校员生一体知照。届时照常上课为要。此布。

中华民国二十四年一月九日

校长邹鲁

这个布告使我不能不佩服邹鲁先生的聪明过人。早晨的各报记载八日下午西南政务会议席上讨论的胡适的罪过，明明是反对广东的读经政策。现在这一桩罪名完全不提起了，我的罪名变成了“认人作父”和“以吾粤为生番蛮族”两项！广州的当局大概也知道“反对读经”的罪名是不够引起广东人的同情的，也许多数人的同情反在我的一边。况且读经是武人的主张，——这是陈济棠先生亲口告诉我的——如果用“反对读经”做我的罪名，这就成了陈济棠反对胡适了。所以奉行武人意旨的人们必须避免这个真罪名，必须向我的华侨教育会演说里去另寻找的罪名，恰好我的演说里有这么一段：

> 我觉得一个地方的文化传到它的殖民地或边境，本地方已经变了，而边境或殖民地仍是保留着它祖宗的遗物。广东自古是中国的殖民地，中原的文化许多都变了，而在广东尚留着。像现在的广东音是最古的，我现在说的话才是新的。（用各报笔记，大致无大错误。）

假使一个无知苦力听了这话忽然大生气，我一定不觉得奇怪。但是一位国立大学校长，或是一位国立大学的中国文学系主任居然听不懂这一段话，居然大生气，说我是骂他们“为生番蛮族”，这未免有点奇怪罢。

我自己当然很高兴，因为我的反对读经现在居然不算是我的罪状了，这总算是一大进步。孟子说的好，“乃孔子则欲以微罪行，不欲为苟去”。邹鲁先生们受了读经的训练，硬要我学孔子的“做人”，要我“以微罪行”，我当然是很感谢的。

但九日的广州各报记载是无法追改的，九日从广州电传到海内外各地的消息也是无法追改的。广州诸公终不甘心让我蒙“反对读经”的恶名，所以一月十四日的香港英文《南华晨报》（*South China Morning Post*）上登出了中山大学教授兼广州《民国日报》总主笔梁民志（Prof. Liang Min-Chi）的一封英文来函，说：

> 我盼望能借贵报转告说英国话的公众，胡适博士在广州所受冷淡的待遇，并非因为（如贵报所记）“他批评广州政府恢复学校读经课程”，其实完全因为他在一个香港教员聚会席上说了一些对广东人民很侮辱又“非中国的”（Un-Chinese）批评。我确信任何人对于广州政府的教育政策如提出积极的批评，广州当局诸公总是很乐意听受的。

我现在把梁教授这封信全译在这里，也许可以帮助广州当局诸公多解除一点同样的误解。

我的膏药卖不成了，我就充分利用那两天半的时间去游览广州的地方。黄花岗，观音山，鱼珠炮台，石牌的中山大学新校舍，禅宗六祖的六榕寺，六百年前的五层楼的镇海楼，中山纪念塔，中山纪念大礼堂，都游遍了。中山纪念塔是亡友吕彦直先生（康南尔大学同学）设计的，图案简单而雄浑，为彦直生平最成功的建筑，远胜于中山陵的图案。黄花岗七十二烈士（中有亡友饶可权先生）墓是二十年前的新建筑，中西杂凑，全不谐和，墓顶中间置一个小小的自由神石像，全仿纽约港的自由神大像，尤不相衬。我们看了民元的黄花岗，再看吕彦直设计的中山纪念塔，可以知道这二十年中国新建筑学的大进步了。

我在中山纪念塔下游览时，忽然想起学海堂和广雅书院，想去看看这两个有名学府的遗迹。同游的陈达材先生说，广雅书院现在用作第一中学的校址，很容易去参观。我们坐汽车到一中，门口的警察问我们要名片，达材给了他一张名片。我们走进去，路上遇着一中校长，达材给我们介绍，校长就引导我们去参观。东边有荷花池，池后有小亭，亭上有张之洞的浮雕石像，刻的很工致。我们正在赏玩，不知为何被校中学生知道了，那时正是十二点一刻，餐堂里的学生纷纷跑出来看，一会儿荷花池的四围都是学生了。我们过桥时，有个学生拿着照相机走过来问我："胡先生可以让我照个相吗？"我笑着立定，让他照了一张相。这时候，学生从各方面围拢来，跟着我们走。有些学生跑到前面路上去等候我们走过。校长说："这里一千三百学生，他们晓得胡先生来，都要看着你。"我很想赶快离开此地。校长说："这里是东斋，因为老房屋有倒坏了的，所以全拆了重盖新式斋舍。那边是西斋，还保存着广雅书院斋舍的原样子，不可以不去看。"我只好跟他走，走到西斋，西斋的学生也知道我来了，也都跑来看我们。七八百个少年人围着我们，跟着我们，大家都不说话，但他们脸上的神气都很使我感动。校墙上有石刻的广雅书院学规，我站住读了几条，回头看时，后面学生都纷纷挤上来围着我们，我们几乎走不开了。我们匆匆出来，许多学生跟着校长一直送我们到校门口。我们上了汽车，我对同游的两位朋友说："广州的武人政客未免太笨了。我若在广州讲演，大家也许来看热闹，也许来看看胡适之是个什么样子；我说的话，他们也许可以懂得五六成；人看见了，话听完了，大家散了，也就完了。讲演的影响不过如此。可是我的不讲演，影响反大的多了。因为广州的少年人都不能不想想为什么胡适之在广州不讲演。我的最大辩才至多只能使他们想想一两个问题，我不讲演却可以使他们想想无数的问题。陈伯南先生们真是替胡适之宣传他的‘不言之教’了！”

我在广州玩了两天半，一月十一日下午，我和刘毅夫先生同坐西南航空公司的“长庚”机离开广州了。

我走后的第二天，广州各报登出了中山大学中国文学系教授古直，钟应梅，李沧萍三位先生的两个“真电”，全文如下：

（一）广州分进西南政务委员会，陈总司令，林主席，省党部，林宪兵司令，何公安局长勋鉴，昔颜介庾信，北陷虏廷，尚有乡关之思，今胡适南履故土，反发盗憎之论，在道德为无耻，在法律为乱贼矣，又况指广东为殖民，置公等于何地，虽立正典刑，如孔子之诛少正卯可也，何乃令其逍遥法外，造谣惑众，为侵掠主义张目哉，今闻尚未出境，请即电令截回，径付执宪，庶几乱臣贼子，稍知警悚矣，否则老口北返，将笑广东为无人也。国立中山大学中文系主任古直，教员李沧萍、钟应梅，等叩，真辰。（二）探送梧州南宁李总司令，白副总司令，黄主席，马校长勋鉴，（前段与上电同略），今闻将入贵境，请即电令所在截留，径付执宪，庶几乱臣贼子，稍知警悚矣，否则公方剿灭共匪，明耻教战，而反客受刘豫、张邦昌一流人物以自玷，天下其谓公何，心所谓危，不敢不告。国立中山大学中文系主任古直，教员李沧萍、钟应梅叩，真午。

电文中列名的李沧萍先生，事前并未与闻，事后曾发表谈话否认列名真电。所以一月十六日《中山大学日报》上登出《古直钟应梅启事》，其文如下：

胡适出言侮辱宗国。侮辱广东三千万人。中山大学布告驱之。定其罪名为认人作父。夫认人作父。此贼子也。刑罚不加。直等以为遗憾。真日代电。所以义形于色矣。李沧萍教授同此慷慨。是以分之以义。其实未尝与闻。今知其为北大出身也。则直等过矣。呜呼道真之妒。昔人所叹。自今以往。吾犹敢高谈教育救国乎。先民有言。丈夫行事当磊磊落落。特此相明。不欺其心。谨启。

古直、钟应梅启

这三篇很有趣的文字大可以做我的广州杂忆的尾声了。

（三）广西山水

我们一月十一日下午飞到梧州了，在梧州住了一夜，我在广西大学讲演一次，次日在梧州中山纪念堂公开讲演一次。广西大学校长马君武先生是我的老师，校中教职员有许多是中国公学的老朋友，所以我在梧州住的一天是最快乐的。大学在梧州的对岸，中间是抚河（漓水），南面是西江。我们到的太晚了，晚上讲演完后，在老同学谢厚藩先生的家里喝茶大谈，夜深过江，十二日讲演完后，吃了饭就上飞机飞南宁了，始终没有机会参观西大的校舍与设备，这就是用嘴不能用眼的害处了。

十二日下午到南宁（邕宁），见着白健生先生，潘宜之先生，邱毅吾（昌渭）先生等，都是熟人。住在乐群社，是一个新式的俱乐部，设备很好。梧州与南宁都有自来水，内地省分有两个有自来水的城市，是很难得的。白先生力劝我改船期，在广西多玩几天。我因为我的朋友贵县罗尔纲先生的夫人和儿女在香港等候我伴送他们北上，不便改期。十四日罗钧任和罗努生如约到了南宁，白健生先生又托他们力劝。白先生说，他可以实行古直先生们的“真电”，封锁水陆空的交通，把我扣留在广西！后来我托省政府打电报请广西省银行的香港办事处把我和罗太太一家的船票都改了二十六日的胡佛总统船。这样一改，我在广西还可住十二天，尽够畅游桂林山水了。

我在邕宁住了六天，中间和罗努生到武鸣游了一天。钧任飞去龙州玩了一天，回来极口称美龙州的山水，可惜我不曾去。我在邕宁讲演了五次。十九日飞往柳州，住在航空署，见着广西航空界的一般青年领袖。钧任努生和我在柳州游览了半天，公开讲演一次。二十日上午飞往桂林，在桂林讲演了两次，游览了两天，把桂林附近的名胜大致游遍了。二十二日上午，我和钧任、努生、毅夫，桂林县公署的秘书曹先生，飞机师赵志雄、冯星航两先生，雇了船去游阳朔。在漓水里走了一天半，二十三日下午才到阳朔。在阳朔游览了小半天，我坐汽车赶到良丰的省立师范专科学校讲演一次，讲演后坐汽车赶回桂林，已近半夜了。

二十四日早晨从桂林起飞，本想直飞梧州，在梧州吃午饭，毅夫夫妇约了在广州北面的从化温泉吃晚饭。但那天雾太低了，我们飞过了良丰，还没到阳朔，看前面云雾低压，漓水的河身不宽而两傍山高，所以飞机师赵先生决定折回向西，飞到柳州吃午饭，饭后顺着柳江浔江飞往梧州，在梧州吃夜饭，打电报到广州去报告那些在从化等我们吃夜饭的朋友们。在梧州住了一夜，二十五日从梧州飞回广州，赶上火车，晚上赶到香港。我们在梧州打电报问明胡佛船是二十六日早晨四点钟就要开的，前一天的大雾几乎使我又赶脱了船期！

这是我在广西的行程。以下先记广西的山水。

广西的山水是一种特异的山水。南宋大诗人范成大在他的《桂海虞衡志》里说的最好：

> 余尝评桂山之奇宜为天下第一。士大夫落南者少，往往不知；而闻者亦不能信。余生东吴，而北抚辽蓟，南宅交广，西使岷峨之下，三方皆走万里，所至无不登览。……其最号奇秀莫如池之九华，歙之黄山，括之仙都，温之雁荡，夔之巫峡，此天下同称之者。然皆数峰而止耳，又在荒绝僻远之濒，非几杖间可得；且所以能拔乎其萃者，必因重冈复岭之势，盘亘而起，其发也有自来。桂之千峰，皆旁无延缘，悉自平地崛然特立，玉笋瑶篸，森列无际。其怪且多如此，诚当为天下第一。……山皆中空，故峰下多佳岩洞。

范氏指出两点特色：第一是诸峰“悉自平地崛然特立，玉笋瑶篸森列无际”。第二是“山皆中空，故峰下多佳岩洞”。这两点都是广西山水的特色。这样“怪而多”的山都是石灰岩，和太湖石是同类；范石湖所指出的“山多中空，故多佳岩洞”，也正和太湖石的玲珑孔窍同一个道理。在飞机上望下去，只看见一簇一簇的圆锥体黑山，笋也似的矗立着，密密的排列着，使我们不能不想着一千多年前柳宗元说的名句：“桂州多灵山，发地峭竖，林立四野。”这种山峰并不限于桂林，广西全省有许多地方都有这种现象。我们在飞机上望见贵县的南山诸峰，也是这样的。武鸣的四围诸山，也是这一类。我们所游的柳州诸山，还有我们不曾去游的柳州北面融县真仙岩一带的山岩，也都和桂林、阳朔同一种类。地质学者说，这种山岩并不限于广西一省，贵州的山也属于这一类。翁文灏先生说，这种山岩，地质学家称为“喀尔斯特”山岩（Karstic），在世界上，别处也有，但广西、贵州要算全世界最大的统系了。

徐霞客记广西的山水岩洞最详细，他在广西游了一年，——从崇祯丁丑（一六三七）闰四月初八到次年三月二十七，——写游记凡八万字，即丁文江标点本（商务印书馆出版，附地图）卷四至卷七。这是三百年前的游记，我们现在读了还不能不佩服那一位千古奇人脚力之健，精力之强，眼力之深刻，与笔力之细致。我们要知道广西岩洞的奇崛与壮美，不可不读徐霞客的游记；未游者固然应该读，已游者也不可不读。因为三百年来，还没有第二个人有这样伟大的好奇心，费这样长久的时间，专搜访自然的奇迹，作那么详细的记载。他所游的，往往有志书所不载，古今人所不知，或古人偶知而久无人到又被丛莽封塞了的。所以读过徐霞客粤西游记的人，真不能不感觉我们坐汽车匆匆游山的人真不配写游记：不但我们到的地方远不如他访搜所得的地方之多，我们到过的地方，所看见的，所注意到的，也都没有他在三百年前攀藤摩挲所得的多而且详尽。

凡听说桂林山水的，无人不知道桂林的独秀峰。图画上的桂林山水，也只有独秀峰最出名。徐霞客游遍了广西的山水，只不曾登独秀峰，因为独秀峰在桂林城中，圈在靖江王府里，须先得靖江王的许可，外人始得登览。徐霞客运动王府里的和尚代为请求，从五月初四日直到六月初一日，始终不得许可，他大失望而去。游记中屡记此事，最后记云：

> 五月二十九日，入靖藩城，订独秀期，主僧词甚迂缓。予初拟再至省一登独秀，即往柳州。至此失望，怅怅。
>
> 六月初一日，讹传流寇薄衡水，藩城愈戒严，予遂无意登独秀。独秀山北西临池，西南二麓予俱已绕其下，西岩亦已再探，惟东麓与绝顶未登。其异于他峰者，只亭阁耳。

独秀峰现在人人可以登临了。其实此峰是桂林诸峰中的最低小的，高不过一百多尺！有石级可以从山脚盘旋直上山顶，凡三百六十级，其低可想！此峰所以独享大名，也有理由。徐霞客已说过，“其异于他峰者，只亭阁耳”，现时山腰与山顶尚有小亭台可供游人休憩，是一胜。此山在城中，登山可望全城和四围山水，是二胜。诸峰多是石山，无大树木，独秀峰上稍有树木，是三胜。桂林诸大山都以岩洞见奇，然而岩洞都是可游而不可入画的；独秀峰无岩洞，而娇小葱茏，有小亭阁，最便于绘画，故画家多喜画独秀，是四胜。有此四胜，就使此峰得大名！徐霞客两度到桂林，终以不得登独秀峰为憾事。我们在飞机上下望桂林附近的无数石山，几乎看不见那座小小的石丘，颇笑徐霞客的失望为大不值得！

徐霞客最称赏柳州北面融县的真仙岩，游记中有“真仙为天下第一”之语。可惜真仙岩我们没有去；我们游的岩洞，最大的是桂林七星山的岩洞。这岩洞一口为栖霞洞，一口为曾公岩。徐霞客从栖霞洞进去，从曾公岩出来，依他的估计，“自栖霞达曾公岩，径约二里；复自岩口出入盘旋三里”。我们从曾公岩进去，从栖霞出来，共费时五十五分钟。向导的乡人手拿火把（用纸浸煤油，插入长竹筒的一头），处处演说洞里石乳滴成的种种奇异形状：“这是仙人棋盘，那是仙人种田，那是金钟对玉鼓，这是狮子对乌龟，那是摩天岭，这是观音菩萨，那是骊山老母……”那位（领袖）〔向导〕用很清楚的桂林话一一指给我们看，说给我们听，真如数家珍。洞中有一股泉水，有些地方水声很大。洞中石乳确有许多很奇伟的形态。我们携带有手电筒，又有两三盏手提汽油灯，故看的比较清楚。洞中各处皆被油烟熏黑，石壁石乳，手偶摩抚，都是煤黑。徐霞客记他来游时，向导者用松明照路。千百年中，游人用的松明烟与煤油烟，把洞壁都熏黑了。其实这种岩洞大可装设电灯，可使洞中景物都更便于赏观，行路的人可以没有颠跌的危险，也可以免除油烟熏塞的气闷。向来做向导的村人，可以稍加训练，雇作看洞和导游的人，而规定入门费与向导费。如此则游人不以游洞为苦。若如现状，则洞中幽暗，游人非多人结伴不敢进来，来者又必须雇向导，人太少又出不起这笔杂费。

曾公岩是因曾布得名。曾布在元丰初年以龙图阁待制出外，知桂州。他是一个有文学训练的政治家，在桂时，游览各岩洞，到处都有他的刻石题名，不止此一处。

七星山的岩洞，据徐霞客的几次探访搜寻，共有十五洞，他说：

> 此山岩洞骈峙：栖霞在北，下透山之东西；七星在中，曲透西北出；碧虚岩在南，以东西上透。三穴并悬，六门各异。北又有“朝雪”“高峙”两岩，皆西向。此七星山西面之洞也，洞凡五。……曾公岩西又有洞在峰半，攀莽上，洞口亦东南向。……此处岩洞骈峙者亦三。曾公岩北下同列者又有二岩。……此七星山东南之洞也，洞凡五。
>
> 若北麓省春三岩，会仙一岩，旁又浅洞一，则七星北面之洞也，洞凡五。一山凡得十五洞云。

我们所游，其实只是十五洞之一！我们在洞里，固是迷不知西东，出了岩洞，还是杳不知南北。看徐霞客连日攀登，遍游诸洞，又综合记叙，条理井然，我们真不能不惭愧了！

七星山的对面就是龙隐岩，在月牙山的背后，洞的外口临江，水打沙进洞，堆积颇高，故岩上石刻题名有许多已被沙埋没了。龙隐岩很通敞，风景很美。岩外摩崖石刻甚多，有狄青等“平蛮三将题名”碑，字迹完好。

龙隐岩往西，不甚远，有小屋，我们敲门进去，有道士住在里面。此屋无后墙，靠山崖架屋，崖上石刻题记甚多，那最有名的“元祐党籍碑”即在此屋后。我久想见此碑，今日始偿此愿。元祐党籍立于徽宗崇宁元年（一一〇二），最初只有九十八人，那是真正元祐（一〇八六 — 一〇九三）反新法的领袖人物。徽宗皇帝亲写党籍，刻于端礼门；后来又令御史台抄录元祐党籍姓名“下外路州军，于监司长吏厅，立石刊记”。到崇宁三年（一一〇四）六月，又把元符末（一一〇〇）和建中靖国（一一〇一）年间的“奸党”和“上书诋讥”诸人一齐“通入元祐籍，更不分三等”（三等是原分“邪上尤甚”，“邪上”，“邪中”各等）。这个新合并的党籍，共有三百九人，刻石朝堂。此碑到崇宁五年正月，因彗星出现，徽宗下诏毁碑，“如外处有奸党石刻，亦令除毁”。除毁之后，各地即无有此碑石刻。现今只有广西有两处摩崖刻本，一本在融县的真仙岩，刻于嘉定辛未（一二一一）；一本即是桂林龙隐岩附近的摩崖，刻于庆元戊午（一一九八）；这两本都是南宋翻刻的。桂林此本乃是用蔡京写刻拓本翻刻的，故字迹秀挺可爱。两本都是三百九十人本，已不是真正元祐党籍了，其中如章惇，曾布，陆佃等人，都是王安石新法时代的领袖人物，后来时势翻覆，也都列名奸党籍内，和司马光、吕公著诸人做了同榜！

广西的岩洞内外，有唐宋元明的名人题名石刻甚多。石灰岩坚固耐久，历千百年尚多保存很完整的。如舜山的摩崖“舜庙碑”，是唐建中元年（七八〇）韩云卿所立，距今已一千一百五十五年了。又如我们从栖霞洞下山，路旁崖上有范成大题名，又有张孝祥题名，这都是南宋大文人，现在都在路旁茅草里，没有人注意。此类古代名人题记，往往可供历史考据，其手书石刻更可供考证字画题跋者的参考比较。广西现有博物馆，设在南宁；我们盼望馆中诸公能作系统的搜访，将各地的古石刻都拓印编纂，将来可以编成一部“广西石刻文字”，其中定有不少历史的材料。

舜山有洞，名韶音洞，虽不甚深，而风景清幽，洞中有张栻（南轩）的《韶音洞记》石刻，字小，已不能全读了。洞前有庙，我们登楼小坐，前有清流，远望桂林诸山，在晚照中气象很雄伟。

城中人士常游的为象鼻山，伏波山，独秀峰，风洞山。其中以风洞山的风景为最胜。风洞山有北牖洞，虽曲折而多开敞之处，空气流通，多凉风，故名风洞，有小亭阁，下瞰江水，夏日多游人在此吃茶乘凉。

广西人说：“桂州山水甲天下，阳朔山水甲桂林。”我们游了桂林，决定坐船去游阳朔。一路上饱看漓水（抚河）的山水，但是因为我要赶香港船期，所以到了阳朔，只有几个钟头可以游览了。在小雨里，我们坐汽车到青厄渡，过渡后，下车泛览阳朔诸峰，仅仅能看一个大概。阳朔诸山也都是石山，重重叠叠，有作牛角双尖的，有似绝大石柱上半截被打断了的，有似大礼拜寺的，有似大石龟昂头向天的。远望去，重峰列岫，行列凌乱，在轻烟笼罩中，气象确是很奇伟。桂林诸山稍稍分散，阳朔诸山紧凑在江上；桂林诸山都无树木，此间颇有几处山上有大树木，故比较更秀丽。

但我们实在有点辜负了阳朔的山水，我们把时间用在船上了，到了这里只能坐汽车看山，未免使山水笑人。大概我们误会了“阳朔山水必须用船去游”的意思。我后来看徐霞客的游记，始知阳朔诸山都可以用船去细细游览。我们若再来，可以坐汽车到阳朔，然后雇船去从容游山。阳朔诸山也多岩洞：徐霞客所记龙洞岩，珠明洞，来仙洞，都令人神往；其中珠明洞凡有八门，最奇伟。我们没有攀登一处的岩洞，颇失望。

但我们这回坐船游阳朔，也有很好的收获。徐霞客游记里没有提到“光岩”，我们却有半夜游光岩的豪举。光岩是刘毅夫先生前年发现的，所以他力劝我们坐船游阳朔，一半也是为了要游光岩。船到光岩时，已半夜了，我们都睡了。毅夫先上岸去，先雇竹筏进去探看，出来时他把竹筏火把都准备好了，然后把我们都从睡梦里轰起来，跟他去游洞，光岩洞口临江，洞甚空敞，洞里石乳甚多而奇，有明朝游人石刻甚多。毅夫前年曾探此洞，偶见洞后水面上还有小洞，洞口很低，离水面不过两三尺；毅夫想出法子来，用竹排子撑进去探险，须全身弯倒始能进去。进去后，他发现里面还有很奇的岩洞，为向来游人所未曾到过。所以他很高兴，在第一洞石壁上题字指示游人深入探奇。今夜他带领我们进洞口，石壁上他的墨笔题记还如新的。我们一班人分坐三个竹排子，排子上平铺着大火把，大家低头弯腰，进入第二洞。里面共有三层大洞，都很高大，有种种奇形的石乳。最后一洞内有石乳作荷藕形，凡八九节，须节都全，绝像真藕。每一洞内都有沙涨成滩，都是江水打进来的。每过一洞口，都须低头用手攀住上面岩石，有时撑船的人都下水去用手推竹排子。第二洞以后，石壁上全无前人题刻，大概古人都不知有这些幽境。毅夫为游此洞，在桂林特别买了一个价值十七元的大电筒，每进一洞，他用大电筒指示各种石乳给我们看。他说，最后一洞的顶上有三个小洞透入光线，也许“光岩”之名是从那里来的。晚间我们当然看不见那三处透光的小洞。但我想里洞既非前人所熟知，光岩之名未必起于这透光的小孔，大概因前洞高敞通明，故得光岩之名。此洞之发现，毅夫之功最多，最后一洞大可以题作“沛泉洞”（毅夫名沛泉）。毅夫说，此洞颇像浙西金华的双龙洞。

徐霞客记他从阳朔回桂林的途中，“舟过水绿村北七里，西岸一岩，门甚高敞，东向临江，前垂石成龙，曰蛟头岩”，其地在兴平之南约三里，不知即是光岩否。

漓水的一日半旅程，还有一件事足记。船上有桂林女子能唱柳州山歌，我用铅笔记下来，有听不明白的字句，请同行的桂林县署曹文泉科长给我解释。我记了三十多首，其中有些是绝妙的民歌。我抄几首最可爱的在这里：

（1）燕子飞高又飞低，两脚落地口衔泥。
我俩二人先讲过，贫穷落难莫分离。

（2）石榴开花叶子青，哥哥年大妹年轻。
妹子年轻不懂事，哥哥拿去耐烦心。

（3）大海中间一枝梅，根稳不怕水来推。
我们连双先讲过，莫怕旁人说是非。

（4）如今世界好不难！井水不挑不得干。
竹子搭桥哥也过，妹妹跌死也心甘。

（5）高山高岭一根藤，藤上开花十九层。
你要看花尽你看，你要摘花万不能。

（6）要吃笋子三月三，要吃甜藕等塘干，
要吃大鱼长放线，想连小妹耐得烦。

（7）买米要买一斩白，连双要连好脚色。
十字街头背锁链，旁人取笑也抵得。

（8）妹莫愁来妹莫愁，还有好日在后头。
金盆打水妹洗脸，象牙梳子妹梳头。

（9）大塘干了十八年，荷叶烂了藕也甜。
刀切藕断丝不断，回心转意在来年。

我们在柳州的时间太短，只游了几处名胜之地。柳州城三面是江，我们在飞机上看柳江从西北来，绕城一周，往东北去。空中望那有名的立鱼山，真有点像个立鱼。那天下午，我们去游立鱼山，有岩洞很玲珑，我们匆匆不曾遍游。傍晚我们去游罗池柳宗元祠堂，有苏东坡写的韩退之《罗池庙碑》的迎享送神辞大字石刻。退之原辞石刻有“春与猿吟兮秋鹤与飞”一句，颇引起后人讨论。今东坡写本此句直作“春与猿吟兮秋与鹤飞”，此当是东坡从欧阳永叔之说，以“秋鹤与飞”为石刻之误，故改正了。

石刻原碑也往往可以有错误，其误多由于写碑者的不谨慎。《罗池庙碑》原刻本有误字后经刊正，见于东雅堂韩集校语。后人据石本，硬指“秋鹤与飞”为有意作倒装健语，似未必是退之本意。

我们从阳朔回桂林时，路上经过良丰的师范专科学校，我在那边讲演一次。其地原名雁山，也是一座石山，岩壑甚美。清咸丰同治之间，桂林人唐岳买山筑墙，把整个雁山围在园里，名为雁山园。后来园归岑春煊，岑又转送给省政府，今称为西林公园，用作师专校址。现有学生二百三十人。我们到时，天已黑了；讲演完始吃晚饭，晚饭后，校长罗尔棻先生和各位教员陪我们携汽油灯游雁山。岩洞颇大，中有泉水，流出岩外成小湖。洞中多凉风，夏间乘凉最宜。洞中多石乳，洞口上方有石乳所成龙骨形，颇奇突。园中旧有花树三千种，屡次驻兵，花树多荒死，现只存几百种了。有绿萼梅，正开花，灯光下奇艳逼人。校中诸君又引我们去看红豆树，树高约两丈余。教员沈君说，这株红豆树往往三年才结子一次。沈君藏有红豆，掌来遍赠我们几个同游的人。红豆大于檀香山的相思子约一倍，生在豆荚里，荚长约一寸半。

游岩洞时，我问此岩何名，他们说：“向来没有岩名，胡先生何不为此岩取一个名字，作个纪念？”我笑说：“此去不远有条相思江，岩下又有相思红豆树，何不就叫他做相思岩？”他们都赞许这个名字。次日我在飞机上想起这个相思岩来，就戏仿前夜听得的山歌，作小诗寄题《相思岩》：

相思江上相思岩，相思岩下相思豆。

三年结子不嫌迟，一夜相思叫人瘦。

这究竟是文人的山歌，远不如小儿女唱的道地山歌的朴素而新鲜。

那天我在空中又作了一首小诗，题为《飞行小赞》：

看尽柳州山，
看遍桂林山水，
天上不须半日，
地上五千里。

古人辛苦学神仙，
要守百千戒。
看我不修不炼，
也凌云无碍。

（四）广西的印象

这一年中，游历广西的人发表的记载和言论都很多，都很赞美广西的建设成绩。例如美国传教家艾迪博士（Sher wood Eddy）用英文发表短文说，“中国各省之中，只有广西一省可以称为近乎模范省。凡爱国而具有国家的眼光的中国人，必然感觉广西是他们的光荣”。这是很倾倒的赞语。艾迪是一个见闻颇广的人，他虽是传教家，颇能欣赏苏俄的建设成绩，可见他的公道。他说话也很不客气，他在广州作公开讲演，就很明白的赞美广西，而大骂广东政治的贪污。所以他对于广西的赞语是很诚心的。

我在广西住了近两星期，时间不算短了，只可惜广西的朋友要我缴纳特别加重的"买路钱"，——讲演的时间太多，观察的时间太少了，所以我的记载是简单的，我的印象也是浮泛的。

广西给我的第一个印象是全省没有迷信的，恋古的反动空气。广州城里所见的读经，祀孔，祀关岳，修寺，造塔，等等中世空气，在广西境内全没有了。当西南政务会议的祀孔通令送到南宁时，白健生先生笑对他的同僚说："我们的孔庙早已移作别用了，我们要祀孔，还得造个新孔庙！"

广西全省的庙宇都移作别用了，神像大都打毁了。白健生先生有一天谈起他在桂林（旧省会）打毁城隍庙的故事，值得记在这里。桂林的城隍庙是最得人民崇信的。白健生先生毁庙的令下来之后，地方人民开会推举了许多绅士去求白先生的老太太，请她劝阻她的儿子；他们说："桂林城隍庙最有灵应，若被毁了，地方人民必蒙其祸殃。"白老太太对她儿子说了，白先生出来对各位绅士说："你们不要怕，人民也不用害怕。我可以出一张告示贴在城隍庙墙上，声明如有灾殃完全由我白崇禧一人承当，与人民无干。你们可以放心了吗？"绅士们满意了。告示贴出去了，毁庙要执行了。奉令的营长派一个连长去执行，连长叫排长去执行，排长不敢再往下推了，只好到庙里去烧香祷告，说明这是上命差遣，概不由己，祷告已毕，才敢动手打毁神像！省城隍庙尚且不免打毁，其余的庙宇更不能免了。

我们在广西各地旅行，没有看见什么地方有人烧香拜神的。人民都忙于做工，教育也比较普遍，神权的迷信当然不占重要地位了。庙宇里既没有神像，烧香的风气当然不能发达了。

在这个破除神权迷信的风气里，只有一个人享受一点特殊的优容。那个人就是总部参军季雨农先生。季先生是合肥人，能打拳，为人豪爽任侠；当民国十六年，张宗昌部下的兵攻合肥，他用乡兵守御县城甚久。李德邻先生带兵去解了合肥之围，他很赏识这个怪人，就要他跟去革命。季先生是有田地的富人，感于义气，就跟李德邻先生走了。后来李德邻、白健生两先生都很得他的力，所以他在广西很受敬礼。这位季参军颇敬礼神佛，他无事时爱游山水，凡有好山水岩洞之处，若道路不方便，他每每出钱雇人修路造桥。武鸣附近的起凤山亭屋就是他修复的。因为他信神佛，他每每在这种旧有神祠的地方，叫人塑几个小小的神佛像，大都不过一尺来高的土偶，粗劣的好笑。他和我们去游览，每到一处有神像之处，他总立正鞠躬，同行的人笑着对我们说："这都是季参军的菩萨！"听说柳州立鱼山上的小佛像也是季参军保护的菩萨。广西的神权是打倒的了，只有这一位安徽人保护之下，还留下了几十个小小的神像。

广西给我的第二个印象是俭朴的风气。一进了广西境内，到处都是所谓"灰布化"。学校的学生，教职员，校长；文武官吏，兵士，民团，都穿灰布的制服，戴灰布的帽子，穿有纽扣的黑布鞋子。这种灰布是本省出的，每套制服连帽子不过四元多钱。一年四季多可以穿，天气冷时，里面可加衬衣；更冷时可以穿灰布棉大衣。上至省主席总司令，下至中学生和普通兵士，一律都穿灰布制服，不同的只在军人绑腿，而文人不绑腿。这种制服的推行，可以省去服装上的绝大糜费。广西人的鞋子，尤可供全国的效法。中国鞋子的最大缺点在于鞋身太浅，又无纽扣，所以鞋子稍旧了，就太宽了，后跟收不紧，就不起步了。广西布鞋学女鞋的办法，加一条扣带，扣在一边，所以鞋子无论新旧，都最便于跑路爬山。

广西全省的对外贸易也有很大的入超。提倡俭朴，提倡用土货，都是挽救入超的最有效方法。在衣服的方面，全省的灰布化可以抵制多少洋布与呢绸的输入！在饮食嗜好方面，洋货用的也很少。吸纸烟的人很少，吸的也都是低价的烟卷，最高贵的是美丽牌。喝酒的也似乎不多，喝的多是本省土酒。有一天晚上，邕宁各学术团体请我们吃西餐，——我在广西十四天，只有此一次吃西餐，——我看见侍者把啤酒斟在小葡萄酒杯里，席上三四十人，一瓶啤酒还倒不完，因为啤酒有汽，是斟不满杯的。终席只有一大瓶啤酒就可斟两三巡了。我心里暗笑广西人不懂怎样喝啤酒。后来我偶然问得上海啤酒在邕宁要卖一块六角钱一瓶！我才明白这样珍贵的酒当然应该用小酒杯斟的了。我们在广西旅行，使我们更明白：提倡俭朴，提倡土货，都是积极救国的大事，不是细小的消极行为。

广西是一个贫穷的省分，不容易担负新式的建设。所以主持建设的领袖更应该注意到人民的经济负担的能力。即如教育，岂不是好事？但办教育的人和视学的人眼光一错，动机一错，注重之点若在堂皇的校舍，冬夏的操衣等等，那样的教育在内地就都可以害人扰民了。我们在邕宁武鸣各地的乡间看见小学堂的学生差不多全是穿着极破烂的衣裤，脚下多是赤脚，偶有穿鞋的，也是穿破烂的鞋子。固然广西的冬天不大冷，所以无窗户可遮风的破庙，也不妨用作校舍，赤脚更是平常的事。然而我们在邕宁的时候，稍有阴雨，也就使人觉得很寒冷。（此地有“四时常是夏，一雨便成秋”的古话。）乡间小学生的褴褛赤脚，正可以表示广西办学的人的俭朴风气。我在邕宁乡间看的那个小学还是“广西普及国民基础教育研究院”的一个附属小学哩。广西教育厅长雷沛鸿先生正在进行全省普及教育的计画，请了几位专家在这研究院里研究实行的步骤和国民基础教育的内容。他们的计画大旨是要做到全省每村至少有一个国民基础学校，要使八岁到十二岁的儿童都能受两年的基础教育。我看了那些破衣赤脚的小学生，很相信广西的普及教育是容易成功的。这样的学堂是广西人民负担得起的，这样的学生是能回到农村生活里去的。

广西给我的第三个印象是治安。广西全省现在只有十七团兵，连兵官共有二万人，可算是真能裁兵的了。但全省无盗匪，人民真能享治安的幸福。我们作长途旅行，半夜后在最荒凉的江岸边泊船，打起火把来游岩洞，惊起茅蓬里的贫民，但船家和客人都不感觉一毫危险。汽车路上，有山坡之处，往往可见一个灰布少年，拿着枪杆，站在山上守卫。这不是军士，只是民团的团员在那儿担任守卫的义务。

广西本来颇多匪祸，全省岩洞最多，最容易窝藏盗匪。有人对我说，广西人从前种田的要背着枪下田，牧牛的要背着枪赶牛。近年盗匪肃清，大原因在于政治清明，县长不敢不认真作事，民团的组织又能达到农村，保甲的制度可以实行，清乡的工作就容易了。人民的比较优秀分子又往往受过军事的训练，政府把旧式枪械发给兵团，人民有了组织，又有武器，所以有自卫的能力。广西诸领袖常说他们的“三自政策”——自卫，自给，自治。现在至少可以说是已做到了人民自卫的一层。我们所见的广西的治安，大部分是建筑在人民的自卫力之上的。

在这里，我可以连带提到广西给我的第四个印象，那就是武化的精神。我用“武化”一个名词，不是讥讽广西，实是颂扬广西。我的朋友傅孟真先生曾说，“学西洋的文明不难，最难学的是西洋的野蛮”。他的意思是说，学西洋文化不难，学西洋的武化最难。我们中国人的聪明才智足够使我们学会西洋的文明。但我们的传统的旧习惯，旧礼教，都使我们不能在短时期内学会西洋人的尚武风气。西洋民族所到的地方，个个国家都认识他们的武力的优越，然而那无数国家之中，只有一个日本学会了西洋的武化，其余的国家——从红海到太平洋——没有一个学会了这个最令人歆羡而又最不易学的方面。然而学不会西洋武化的国家，也决没有工夫来好好的学习西洋的文化，因为他们没有自卫力，所以时时在救亡图存的危机中，文化的努力是不容易生效力的。

中国想学人家的武化（强兵），如今已不止六十年了，始终没有学到家。这是很容易解释的。中国本是一个受八股文人统治的国家，根本就有贱视武化的风气，所以当日倡办武备学堂和军官学校的大臣，决不肯把他们自己的子弟送进去学武备。日本所以容易学会西洋的武化，正因为武士在封建的日本原是地位最高的一个阶级。在中国，尽管有歌颂绿林好汉的小说，当兵却是社会最贱视的职业，比做绿林强盗还低一级！在这种心理没有转变过来的时候，武化是学不会的。

在最近十年中，这种心理才有点转变了。转变的原因是颇复杂的：第一是新式教育渐渐收效了，“壮健”渐渐成为人们羡慕的对象了，运动场上的好汉也渐渐被社会崇拜了。第二是辛亥革命以来中央与各省的政权往往落在军人手里，军人的地位抬高了。第三是民十四五年之间，革命军队有了主义的宣传，多有青年学生的热心参加，使青年人对于“革命军人”发生信仰与崇羡。第四是最近四年的国难，尤其是淞沪之战与长城之战，使青年人都感觉武装捍卫国家是一种最光荣的事业。——这里最后的两个原因，是上文所说的心理转变的最重要原因。军人的可羡慕，不在乎他们的地位之高或威权之大，而在乎他们的能为国家出死力，为主义出死力。这才是心理转变的真正起点。

可惜这种心理转变来的太缓，太晚，所以我们至今还不曾做到武化，还不曾做到民族国家的自卫力量。但在全国各省之中，广西一省似乎是个例外。我们在广西旅行，不能不感觉到广西人民的武化精神确是比别省人民高的多，普遍的多。这不仅仅是全省灰布制服给我们的印象，也不仅仅是民团制度给我们的印象。我想这里的原因，一部分是历史的，一部分是人为的。一是因为广西民族中有苗，猺，獞，狪，狑，猓猓（今日官书均改写“傜，童，同，令，果果”）诸原种，富有强悍的生活力，而受汉族柔弱文化的恶影响较少。（广西没有邹鲁校长和古直主任，所以我这句话是不会引起广西朋友的误会的。）一是因为太平天国军的威风至今还存留在广西人的传说里。一是因为广西在近世史上颇有受民众崇拜的武将，如刘永福，冯子材之流，而没有特别出色的文人，所以民间还不曾有重文轻武的风气。一是因为在最近的革命战史上，广西的军队和他们的领袖曾立大功，得大名，这种荣誉至今还存在民间。一是因为最近十年中，全省虽然屡次经过大乱，收拾整顿的工作都是几个很有能力的军事领袖主持的，在全省人民的心目中，他们是很受崇敬的。——因为这种种原因，广西的武化，似乎比别省特别容易收效。我到邕宁的时候，还在“新年”时期，白健生先生邀我到公共体育场去看“舞狮子”的竞赛，狮子有九队，都是本地公务人员和商人组织的。舞狮子之外，还有各种武术比赛，参加的有不少的女学生，有打拳的，有舞刀的。利用“过年”来提倡尚武的精神，也是广西武化的一种表示。至于民团训练的成绩是大家知道的。广西学校里的军事训练，施行比别省早，成绩也比别省好。在学校里，不但学生要受军训，校长教职员也要受军训，所以学校里的“大队长”的地位与权力往往比校长高的多。中央颁布的兵役法，至今未能实行，广西却已在实行了；去冬省府实行征兵八千名，居然如期满额。若在江南各省，能做到这样的成绩吗？广西征兵之法是预先在各地宣传国民服兵役的重要和光荣；由政府派定各区应抽出的壮丁的比例，例如某村有壮丁百人，应征二十分之一，村长（即小学校长，即后备队队长）即召集这一百壮丁，问谁愿应征；若愿去者满五人，即已足额；若不足五人，即用抽签法决定谁先去应征。这次征来的新兵，我们在桂林遇见一些，都是很活泼高兴的少年，有进过中学一两年的，有高小毕业的。在那独秀峰最高亭子上的晚照里，我们看那些活泼可爱的灰布青年在那儿自由眺望，自由谈论，我们真不胜感叹国家民族争生存的一线希望是在这一辈武化青年的身上了！

广西给我的印象，大致是很好的。但是广西也有一些可以使我们代为焦虑的地方。

第一，财政的困难是很明显的。广西是个地瘠民贫的地方，担负那种种急进的新建设，是很吃力的。据第一回广西年鉴的报告，二十二年度的全省总收入五千万元之中，百分之三十五有零是“禁烟罚金”，这是烟土过境的税收。这种收入是不可靠的，将来贵州或不种烟了，或出境改道了，都可以大影响到广西省库的收入。同年度总支出五千二百万元之中，百分之四十是军务费，这在一个贫瘠的省分也是很可惊的数字。万一收入骤减了，这样钜大的军务费是不是能跟着大减呢？还是裁减建设经费呢？还是增加人民负担呢？

第二，历史的关系使广西处于一个颇为难的政治局势，成为所谓“西南”的一部分。这个政治局势，无论对内对外都是很为难的。我们深信李德邻、白健生诸先生的国家思想是很可以依赖的，他们也曾郑重宣言他们绝无用武力向省外发展的思想。白先生曾对我说：“……贵州人要求我们的军队驻扎贵州，我们还不肯留。我们决不会打别省的主意。”这是我们可以相信的。但我们总觉得两广现在所处的局势，实在不能适应现时中国的国难局面。现在国人要求的是统一，而敌人所渴望的是我们的分裂。凡不能实心助成国家的统一的，总不免有为敌人所快意的嫌疑。况且这个独立的形势，使两广时时感觉有对内自保的必要，因此军备就不能减缩，而军费就不能不扩张。这种事实，既非国家之福，又岂是两广自身之福吗？

第三，我们深信，凡有为的政治，——所谓建设——全靠得人与否。建设必须有专家的计画，与专家的执行。计画不得当，则伤财劳民而无所成。执行不得当，则虽有良法美意，终归于失败。广西的几位领袖的道德，操守，勤劳，都是我们绝对信任的。但我们观察广西的各种新建设，不能不感觉这里还缺乏一个专家的“智囊团”做设计的参谋本部；更缺乏无数多方面的科学人才做实行计画的工作人员。最有希望的事业似乎是兽医事业，这是因为主持的美国罗铎（Rodier）先生是一位在菲律宾创办兽医事业多年并且有大成效的专家。我们看他带来的几位菲律宾专家助手，或在试种畜牧的草料，或在试验畜种，或在帮助训练工作人员，我们应该可以明白一种大规模的建设事业是需要大队专家的合作的，是需要精密的设备的，是需要长时期的研究与试验的，是需要训练多数的工作人员的。然而邕宁人士的议论已颇嫌罗铎的工作用钱太多了，费时太久了，用外国人太多了，太专断不受商量了。“求治太急”的毛病，在政治上固然应该避免，在科学工艺的建设上格外应该避免。我在邕宁的公务人员的讲演会上，曾讲一次“元祐党人碑”，指出王荆公的有为未必全是，而司马温公诸人的主张无为未必全非。有为政治有两个必要的条件：一是物质的条件，如交通等等；一是人才的条件，所谓人才，不仅是廉洁有操守的正人而已，还须要有权威的专家，能设计能执行的专家。这种条件若不具备，有为的政治是往往有错误或失败的危险的。

（五）尾　声

一月二十六日早晨，胡佛总统船开了。我在船上无事，读了但怒刚先生送我的一册粤讴。船上遇着何克之先生，下午我到他房里去闲谈，见他正在做黄花岗凭吊的诗。我一时高兴，就用我从粤讴里学来的广州话写了一首诗。后来到了上海南京，我把这首诗写出请几位广东朋友改正。改定本是这样的：

黄花岗
黄花岗上自由神，
手揸火把照乜人？
咪话火把唔够亮，
睇佢吓倒大将军。

我题桂林良丰的“相思岩”山歌，已记在前面了，后来我的朋友寿生先生看见了这首山歌，他说它不合山歌的音节，不适宜于歌唱。他替我修改成这个样子：

相思江上相思岩，
相思豆儿靠岩栽，
（他）三年结子不嫌晚，
（我）一夜相思也难挨。

寿生先生生长贵州，能唱山歌，这一支我也听他唱过，确是哀婉好听。我谢谢他的好意。

二十四，八，十二。

（本文原载于1935年《独立评论》第141、142、145、164号。有改动。）

十七年的回顾

我于前清光绪三十年的二月间从徽州到上海求那当时所谓“新学”。我进梅溪学堂后不到两个月，《时报》便出版了。那时正当日俄战争初起的时候，全国的人心大震动。但是当时的几家老报纸仍旧做那长篇的古文论说，仍旧保守那遗传下来的老格式与老办法，故不能供给当时的需要。就是那比较稍新的《中外日报》也不能满足许多人的期望。《时报》应此时势而产生。他的内容与办法也确然能够打破上海报界的许多老习惯，能够开辟许多新法门，能够引起许多新兴趣。因此《时报》出世之后不久就成了中国智识阶级的一个宠儿。几年之后《时报》与学校几乎成了不可分离的伴侣了。

我那年只有十四岁，求知的欲望正盛，又颇有一点文学的兴趣，因此我当时对于《时报》的感情比对于别报都更好些。我在上海住了六年，几乎没有一天不看《时报》的。我记得有一次《时报》征求报上登的一部小说的全份，似乎是《火里罪人》，我也是送去应征的许多人中的一个。我当时把《时报》上的许多小说诗话笔记长篇的专著都剪下来分粘成小册子，若有一天的报遗失了，我心里便不快乐。总想设法把它补起来。

我现在回想当时我们那些少年人何以这样爱恋《时报》呢？

我想有两个大原因：

第一，《时报》的短评在当日是一种创体，做的人也聚精会神的大胆说话，故能引起许多人的注意，故能在读者脑筋里发生有力的影响。我记得《时报》产生的第一年里有几件大案子：一件是周生有案，一件是大闹会审公堂案。《时报》对于这几件事都有很明决的主张，每日不但有“冷”的短评，有时还有几个人的签名短评，同时登出。这种短评在现在已成了日报的常套了，在当时却是一种文体的革新。用简短的词句，用冷隽明利的口吻，几乎逐句分段，使读者一目了然，不消费工夫去点句分段，不消费工夫去寻思考索。当日看报人的程度还在幼稚时代，这种明快冷刻的短评正合当时的需要。我还记得当周生有案快结束的时候，我受了《时报》短评的影响，痛恨上海道袁树勋的丧失国权，曾和两个同学写了一封长信去痛骂他。这也可见《时报》当日对于一般少年人的影响之大。这确是《时报》的一大贡献。我们试看这种短评，在这十七年来，逐渐变成了中国报界的公用文体，这就可见他们的用处与他们的魔力了。

第二，《时报》在当日确能引起一般少年人的文学兴趣。中国报纸登载小说大概最早的要算徐家汇的《汇报》。那时我还没有出世呢。但《汇报》登的小说一大部分后来汇刻为《兰苕馆外史》，都是《聊斋》式的怪异小说，没有什么影响。戊戌以后，杂志里时时有译著的小说出现。专提倡小说的杂志也有了几种，例如《新小说》及《绣像小说》（商务）。日报之中只有《繁华报》（一种“花报”），逐日登载李伯元的小说。那些“大报”好像还不屑做这种事业。（这一点我不敢断定，我那时年纪太小了，看的报又不多，不知《时报》以前的大报有没有登小说的。）那时的几个大报大概都是很干燥枯寂的，他们至多不过能做一两篇合于古文义法的长篇论说罢了。《时报》出世以后每日登载“冷”或“笑”译著的小说，有时每日有两种冷血先生的白话小说，在当时译界中确要算很好的译笔。他有时自己也做一两篇短篇小说，如福尔摩斯来华侦探案等，也是中国人做新体短篇小说最早的一段历史。《时报》登的许多小说之中，《双泪碑》最风行。但依我看来，还应该推那些白话译本为最好。这些译本如《销金窟》之类，用很畅达的文笔，作很自由的翻译，在当时最为适用。倘《几道山恩仇记》（*Count of monte cristo*）全书都能像《销金窟》（此乃《恩仇记》的一部分）这样的译出，这部名著在中国一定也会成了一部“家喻户晓”的小说了。《时报》当日还有《平等阁诗话》一栏，对于现代诗人的介绍，选择很精。诗话虽不如小说之风行，也很能引起许多人的文学兴趣。我关于现代中国诗的知识差不多都是先从这部诗话里引起的。

我们可以说《时报》的第二个大贡献是为中国日报界开辟一种带文学兴趣的“附张”。自从《时报》出世以来，这种文学附张的需要也渐渐的成为日报界公认的了。

这两件都是比较最大的贡献。此外如专电及要闻，分别轻重，参用大小字，如专电的加多等等，在当日都是日报界的革新事业，在今日也都成为习惯，不觉得新鲜了。我们若回头去研究这许多习惯的由来，自不能不承认《时报》在中国日报史上的大功劳。简单说来，《时报》的贡献是在十七年前发起了几件重要的新改革。这几件新改革因为适合时代的需要，故后来的报纸也不能不尽量采用，就渐渐的变成中国日报不可少的制度了。

我是同《时报》做了六年好朋友的人，庚戌去国以后，虽然不能有从前的亲密，但也时常相见；现在看见《时报》长大成了一个十七岁的少年，我自然很欢喜。我回想我从前十四岁到十九岁的六年之中——一个人最重要最容易感化的时期——受了《时报》的许多好影响，故很高兴的把我少年时对于《时报》的关系写出来，指出它对于当时读者和对于中国报界的贡献，作为《时报》的一段小史，并且表示我感谢它祝贺它的微意。

但是我们当此庆贺的纪念，与其追念过去的成功，远不如悬想将来的进步。过去的成绩只应该鼓励现在的人努力造一个更大更好的将来，这是“时”字的教训。倘若过去的光荣只使后来的人增加自满的心，不再求进步，那就像一个辛苦积钱的人成了家私之后天天捧着元宝玩弄，岂不成了一个守钱虏了吗?

我们都知道时代是常常变迁的，往往前一时代的需要，到了后一时代便不适用了。《时报》当日应时势的需要，为日报界开了许多法门，但当日所谓“新”，现在已成旧习惯了，当日所谓“时”，现在早已过时了。《时报》在当日是报界的先锋，但十七年来旧报都改新了，新报也出了不少了，当日的先锋在今日竟同着大队按步徐行了。大队今日之赶上先锋，自然未必不是先锋的功劳，但做先锋的人还应该努力向前争这个“先锋”的位置。我今年在上海时曾和《时报》的一位先生谈话，他说："日报不当做先锋，因为日报是要给大多数人看的。"这位先生也是当日做先锋的人，这句话未免使我大失望。我以为日报因为是给大多数人看的，故最应该做先锋，故最适宜于做先锋。何以最适宜呢？因为日报能普及许多人，又可用"旦旦而伐之"的死工夫，故日报的势力最难抵抗，最易发生效果。何以最应该呢？因为日报既是这样有力的一种社会教育工具，若不肯做先锋，若自甘随着大队同行，岂不是放弃了一种大责任？岂不是错过了一个好机会？岂不是辜负了一种大委托吗？

即如《时报》早年的历史，便是一个明显的例。《时报》在当日为什么不跟着大家做长篇的古文论说呢？为什么要改作短评呢？为什么要加添文学的附录呢？《时报》倡出这种种制度之后，十几年之中，全国的日报都跟着变了，全国的看报人也不知不觉的变了。那几十万的读者，十几年来，从没有一个人出来反对某报某报体例的变更的。这就可见那大多数看报的人虽然不免有点天然的惰性，究竟抵不住"旦旦而伐之"的提倡力。假使《申报》今天忽然大变政策，大谈社会主义，难道那看《申报》的人明天就会不看《申报》了吗？又假使《新闻报》明天忽然大变政策，一律改用白话，难道那看《新闻报》的人后天就会不看《新闻报》了吗？我可以说："决不会的。"看报人的守旧性乃是主笔先生的疑心暗鬼。主笔先生自己丧失了"先锋"的锐气，故觉得社会上多数人都不愿他努力向前。譬如戴绿眼镜的人看着一切东西都变绿了，如果他要知道荷花是红的，金子是黄的，他须得把这副绿眼镜除下来试试看。今天是《时报》新屋落成的纪念，也是它除旧布新的一个转机，我这个同《时报》一块长大的小时朋友，对它的祝词，只是："《时报》是做过先锋的，是一个立过大功的先锋，我希望它不必抛弃了先锋的地位，我希望它发愤向前努力替社会开先路，正如它在十七年前替中国报界开了许多先路！"

十，十，三。北京。

（原载于1921年10月10日《时报》。）

九年的家乡教育

——《四十自述》的一章

（一）

我生在光绪十七年十一月十七日（一八九一年十二月十七），那时候我家寄住在上海大东门外。我生后两个月，我父亲被台湾巡抚邵友濂奏调往台湾；江苏巡抚奏请免调，没有效果。我父亲于十八年二月底到台湾，我母亲和我搬到川沙住了一年。十九年（一八九三）二月廿六日我们一家（我母，四叔介如，二哥嗣秬，三哥嗣秠）也从上海到台湾。我们在台南住了十个月。十九年五月，我父亲做台东直隶州知州，兼统镇海后军各营。台东是新设的州，一切草创，故我父不带家眷去。到十九年底，我们才到台东。我们在台东住了整一年。

甲午（一八九四）中日战事开始，台湾也在备战的区域，恰好介如四叔来台湾，我父亲便托他把家眷送回徽州故乡，只留二哥嗣秬跟着他在台东。我们于乙未年（一八九五）正月离开台湾，二月初十日从上海起程回绩溪故乡。

那年四月，中日和议成，把台湾割让给日本。台湾绅民反对割台，要求巡抚唐景崧坚守。唐景崧请西洋各国出来干涉，各国不允。台人公请唐为台湾民主国大总统，帮办军务刘永福为主军大总统。我父亲在台东办后山的防务，电报已不通，饷源已断绝。那时他已得脚气病，左脚已不能行动。他守到闰五月初三日，始离开后山。到安平时，刘永福苦苦留他帮忙，不肯放行。到六月廿五日，他双脚都不能动了，刘永福始放他行。六月廿八日到厦门，手足俱不能动了。七月初三日他死在厦门，成为东亚第一个民主国的第一个牺牲者！

这时候我只有三岁零八个月。我彷佛记得我父死信到家时，我母亲正在家中老屋的前堂，她坐在房门口的椅子上。她听见读信人读到我父亲的死信，身子往后一倒，连椅子倒在房门槛上。东边房门口坐的珍伯母也放声大哭起来。一时满屋都是哭声，我只觉得天地都翻覆了！我只彷佛记得这一点凄惨的情状，其余都不记得了。

（二）

我父亲死时，我母亲只有二十三岁。我父初娶冯氏，结婚不久便遭太平天国之乱，同治二年（一八六三）死在兵乱里。次娶曹氏，生了三个儿子，三个女儿，死于光绪四年（一八七八）。我父亲因家贫，又有志远游，故久不续娶。到光绪十五年（一八八九），他在江苏候补，生活稍稍安定，他才续娶我的母亲。我母亲结婚后三天，我的大哥嗣稼也娶亲了。那时我的大姊已出嫁生了儿子。大姊比我母亲大七岁。大哥比她大两岁。二姊是从小抱给人家的。三姊比我母亲小三岁，二哥三哥（孪生的）比她小四岁。这样一个家庭里忽然来了一个十七岁的后母，她的地位自然十分困难，她的生活自然免不了苦痛。

结婚后不久，我父亲把她接到了上海同住。她脱离了大家庭的痛苦，我父又很爱她，每日在百忙中教她认字读书，这几年的生活是很快乐的。我小时也很得我父亲钟爱，不满三岁时，他便把教我母亲的红纸方字教我认。父亲作教师，母亲便在傍作助教。我认的是生字，她便借此温她的熟字。他太忙时，她便是代理教师。我们离开台湾时，她认得了近千字，我也认了七百多字。这些方字都是我父亲亲手写的楷字，我母亲终身保存着，因为这些方块红笺上都是我们三个人的最神圣的团居生活的纪念。

我母亲二十三岁便做了寡妇，从此以后，又过了二十三年。这二十三年的生活真是十分苦痛的生活，只因为还有我这一点骨血，她含辛茹苦，把全副希望寄托在我的渺茫不可知的将来，这一点希望居然使她挣扎着活了二十三年。

我父亲在临死之前两个多月，写了几张遗嘱，我母亲和四个儿子每人各有一张，每张只有几句话。给我母亲的遗嘱上说糜儿（我的名字叫嗣糜，糜字音门）天资颇聪明，应该令他读书。给我的遗嘱也教我努力读书上进。这寥寥几句话在我的一生很有重大的影响。我十一岁的时候，二哥和三哥都在家，有一天我母亲问他们道："糜今年十一岁了。你老子叫他念书。你们看看他念书念得出吗？"二哥不曾开口，三哥冷笑道，"哼，念书！"二哥始终没有说什么。我母亲忍气坐了一会，回到了房里才敢掉眼泪。她不敢得罪他们，因为一家的财政权全在二哥的手里，我若出门求学是要靠他供给学费的。所以她只能掉眼泪，终不敢哭。

但父亲的遗嘱究竟是父亲的遗嘱，我是应该念书的。况且我小时很聪明，四乡的人都知道三先生的小儿子是能够念书的。所以隔了两年，三哥往上海医肺病，我便跟他出门求学了。

(三)

我在台湾时，大病了半年，故身体很弱。回家乡时，我号称五岁了，还不能跨一个七八寸高的门槛。但我母亲望我念书的心很切，故到家的时候，我才满三岁零几个月，便在我四叔父介如先生（名玠）的学堂里读书了。我的身体太小，他们抱我坐在一只高凳子上面。我坐上了便爬不下来，还要别人抱下来。但我在学堂并不算最低级的学生，因为我进学堂之前已认得近一千字了。

因为我的程度不算“破蒙”的学生，故我不须念《三字经》，《千字文》，《百家姓》，《神童诗》一类的书。我念的第一部书是我父亲自己编的一部四言韵文，叫做《学为人诗》，他亲笔抄写了给我的。这部书说的是做人的道理。我把开头几行抄在这里：

为人之道，在率其性。
子臣弟友，循理之正；
谨乎庸言，勉乎庸行；
以学为人，以期作圣。
……

以下分说五伦。最后三节，因为可以代表我父亲的思想，我也钞在这里：

五常之中，不幸有变，
名分攸关，不容稍紊。
义之所在，身可以殉。
求仁得仁，无所尤怨。

古之学者，察于人伦，
因亲及亲，九族克敦；
因爱推爱，万物同仁。
能尽其性，斯为圣人。

经籍所载，师儒所述，
为人之道，非有他术；
穷理致知，返躬践实，
黾勉于学，守道勿失。

我念的第二部书也是我父亲编的一部四言韵文，名叫《原学》，是一部略述哲理的书。这两部书虽是韵文，先生仍讲不了，我也懂不了。

我的第三部书叫做《律诗六钞》，我不记是谁选的了。三十多年来，我不曾重见这部书，故没有机会考出此书的编者；依我的猜测，似是姚鼐的选本，但我不敢坚持此说。这一册诗全是律诗，我读了虽不懂得，却背的很熟。至今回忆，却完全不记得了。

我虽不曾读过《三字经》等书，却因为听惯了别的小孩子高声诵读，我也能背这些书的一部分，尤其是那五七言的《神童

诗》，我差不多能从头背到底。这本书后面的七言句子，如

人心曲曲湾湾水，
世事重重叠叠山。

我当时虽不懂得其中的意义，却常常嘴上爱念着玩，大概也是因为喜欢那些重字双声的缘故。

我念的第四部书以下，除了《诗经》，便都是散文的了。我依诵读的次序，把这些书名写在下面：

（4）《孝经》。

（5）朱子的《小学》，江永集注本。

（6）《论语》。以下四书皆用朱子注本。

（7）《孟子》。

（8）《大学》与《中庸》。（《四书》皆连注文读。）

（9）《诗经》，朱子《集传》本。（注文读一部分。）

（10）《书经》，蔡沈注本。（以下三书不读注文。）

（11）《易经》，朱子《本义》本。

（12）《礼记》，陈澔注本。

读到了《论语》的下半部，我的四叔父介如先生选了颍州府阜阳县的训导，要上任去了，便把家塾移交给族兄禹臣先生（名观象）。四叔是个绅董，常常被本族或外村请出去议事或和案子；他又喜欢打纸牌（徽州纸牌，每副一百五十五张），常常被明达叔公，映基叔，祝封叔，茂张叔等人邀出去打牌。所以我们

的上课很松，四叔往往在出门之前，给我们“上一进书”，叫我们自己念；他到天将黑时，回来一趟，把我们的习字纸加了圈，放了学，才又出门去。

四叔的学堂里只有两个学生，一个是我，一个是四叔的儿子嗣秫，比我大几岁。嗣秫承继给瑜婶（星五伯公的二子，珍伯瑜叔，皆无子，我家三哥承继珍伯，秫哥承继瑜婶），她很溺爱他，不肯管束他，故四叔一走开，秫哥就溜到灶下或后堂去玩了。（他们和四叔住一屋，学堂在这屋的东边小屋内。）我的母亲管的严厉，我又不大觉得念书是苦事，故我一个人坐在学堂里温书念书，到天黑才回家。

禹臣先生接收家塾后，学生便增多了。先是五个，后来添到十多个，四叔家的小屋不够用了，便移到一所大屋——名叫来新书屋——里去。最初添的三个学生，有两个是守瓒叔的儿子，嗣昭，嗣逵。嗣昭比我大两三岁，天资不算笨，却不爱读书，最爱“逃学”，我们土话叫做“赖学”。他逃出去，往往躲在麦田或稻田里，宁可睡在田里挨饿，却不愿念书。先生往往差嗣秫去捉；有时候，嗣昭被捉回来了，总得挨一顿毒打；有时候，连嗣秫也不回来了，——乐得不回来了，因为这是“奉命差遣”，不算是逃学！

我常觉得奇怪，为什么嗣昭要逃学？为什么一个人情愿挨饿，挨打，挨大家笑骂，而不情愿念书？后来我稍懂得世事，才明白了。瓒叔自小在江西做生意，后来在九江开布店，才娶妻生子；一家人都说江西话，回家乡时，嗣昭弟兄都不容易改口音；说话改了，而嗣昭念书常带江西音，常常因此吃戒方或吃“作瘤栗”。（钩起五指，打在头上，常打起瘤子，故叫做“作瘤栗”。）这是先生不原谅，难怪他不愿念书。

还有一个原因。我们家乡的蒙馆学金太轻，每个学生每年只送两块银元。先生对于这一类学生，自然不肯耐心教书，每天只教他们念死书，背死书，从来不肯为他们“讲书”。小学生初念有韵的书，也还不十分叫苦。后来念《幼学琼林》，《四书》一类的散文，他们自然毫不觉得有趣味，因为全不懂得书中说的是什么。因为这个缘故，许多学生常常赖学；先有嗣昭，后来有个士祥，都是有名的“赖学胚”。他们都属于这每年两元钱的阶级。因为逃学，先生生了气，打的更厉害。越打的利害，他们越要逃学。

我一个人不属于这“两元”的阶级。我母亲渴望我读书，故学金特别优厚，第一年便送六块钱，以后每年增加，最后一年加到十二元。这样的学金，在家乡要算“打破纪录”的了。我母亲大概是受了我父亲的叮嘱，她嘱托四叔和禹臣先生为我“讲书”：每读一字，须讲一字的意思；每读一句，须讲一句的意思。我先已认得了近千个“方字”，每个字都经过父母的讲解，故进学堂之后，不觉得很苦。念的几本书虽然有许多是乡里先生讲不明白的；但每天总遇着几句可懂的话。我最喜欢朱子《小学》里的记述古人行事的部分，因为那些部分最容易懂得，所以比较最有趣味。同学之中有念《幼学琼林》的，我常常帮他们的忙，教他们不认得的生字，因此常常借这些书看；他们念大字，我却最爱看《幼学琼林》的小注，因为注文中有许多神话和故事，比《四书》《五经》有趣味多了。

有一天，一件小事使我忽然明白我母亲增加学金的大恩惠。一个同学的母亲来请禹臣先生代写家信给她的丈夫；信写成了，先生交她的儿子晚上带回家去。一会儿，先生出门去了，这位同学把家信抽出来偷看。他忽然过来问我道："穈，这信上第一句'父亲大人膝下'是什么意思？"他比我只小一岁，也念过《四书》，却不懂"父亲大人膝下"是什么！这时候，我才明白我是一个受特别待遇的人，因为别人每年出两块钱，我去年却送十块钱。我一生最得力的是讲书：父亲母亲为我讲方字，两位先生为我讲书。念古文而不讲解，等于念"揭谛揭谛，波罗揭谛"，全无用处。

（四）

当我九岁时，有一天我在四叔家东边小屋里玩耍。这小屋前面是我们的学堂，后边有一间卧房，有客来便住在这里。这一天没有课，我偶然走进那卧房里去，偶然看见桌子下一只美孚煤油板箱里的废纸堆中露出一本破书。我偶然捡起了这本书，两头都被老鼠咬坏了，书面也扯破了。但这一本破书忽然为我开辟了一个新天地，忽然在我的儿童生活史上打开了一个新鲜的世界！

这本破书原来是一本小字木板的《第五才子》，我记得很清楚，开始便是"李逵打死殷天锡"一回。我在戏台上早已认得李逵是谁了，便站在那只美孚破板箱边，把这本《水浒传》残本一口气看完了。不看尚可，看了之后，我的心里很不好过：这一本的前面是些什么？后面是些什么？这两个问题，我都不能回答，却最急要一个回答。

我拿了这本书去寻我的五叔，因为他最会“说笑话”（“说笑话”便是“讲故事”，小说书叫做“笑话书”），应该有这种笑话书。不料五叔竟没有这书，他叫我去寻守焕哥。守焕哥说，“我没有《第五才子》，我替你去借一部；我家中有部《第一才子》，你先拿去看，好吧？”《第一才子》便是《三国演义》，他很郑重的捧出来，我很高兴的捧回去。

后来我居然得着《水浒传》全部。《三国演义》也看完了。从此以后，我到处去借小说看。五叔，守焕哥，都帮了我不少的忙。三姊夫（周绍瑾）在上海乡间周浦开店，他吸鸦片烟，最爱看小说书，带了不少回家乡；他每到我家来，总带些《正德皇帝下江南》，《七剑十三侠》一类的书来送给我。这是我自己收藏小说的起点。我的大哥（嗣稼）最不长进，也是吃鸦片烟的，但鸦片烟灯是和小说书常作伴的，——五叔，守焕哥，三姊夫都是吸鸦片烟的，——所以他也有一些小说书。大嫂认得一些字，嫁妆里带来了好几种弹词小说，如《双珠凤》之类。这些书不久都成了我的藏书的一部分。

三哥在家乡时多；他同二哥都进过梅溪书院，都做过南洋公学的师范生，旧学都有根柢，故三哥看小说很有选择，我在他书架上只寻得三部小说：一部《红楼梦》，一部《儒林外史》，一部《聊斋志异》。二哥有一次回家，带了一部新译出的《经国美谈》，讲的是希腊的爱国志士的故事，是日本人做的。这是我读外国小说的第一步。

帮助我借小说最出力的是族叔近仁，便是民国十二年和顾颉刚先生讨论古史的胡堇人。他比我大几岁，已“开笔”做文章了，十几岁就考取了秀才。我同他不同学堂，但常常相见，成了最要好的朋友。他天才很高，也肯用功，读书比我多，家中也颇有藏书。他看过的小说，常借给我看。我借到的小说，也常借给他看。我们两人各有一个小手折，把看过的小说都记在上面，时时交换比较，看谁看的书多。这两个折子后来都不见了，但我记得离开家乡时，我的折子上好像已有了三十多部小说了。

这里所谓“小说”，包括弹词，传奇，以及笔记小说在内。《双珠凤》在内，《琵琶记》也在内；《聊斋》，《夜雨秋灯录》，《夜谭随录》，《兰苕馆外史》，《寄园寄所寄》，《虞初新志》等等也在内。从《薛仁贵征东》，《薛丁山征西》，《五虎平西》，《粉妆楼》一类最无意义的小说，到《红楼梦》和《儒林外史》一类的第一流作品，这里面的程度已是天悬地隔了。我到离开家乡时，还不能了解《红楼梦》和《儒林外史》的好处。但这一大类都是白话小说，我在不知不觉之中得了不少的白话散文的训练，在十几年后于我很有用处。

看小说还有一桩绝大的好处，便是帮助我把文字弄通顺了。那时候正是废八股诗文的时代，科举制度本身也动摇了。二哥三哥在上海受了时代思潮的影响，故不要我“开笔”做八股文，也不要我学做策论经义。他们只要先生给我讲书，教我读书。但学堂里念的书，越到后来，越不好懂了。《诗经》起初还好懂，读到《大雅》，便难懂了；读到《周颂》，更不可懂了。《书经》有几篇，如《五子之歌》，我读的很起劲；但《盘庚》三篇，我总读不熟。我在学堂九年，只有《盘庚》害我挨了一次打。后来隔了十多年，我才知道《尚书》有今文和古文两大类，向来学者都说古文诸篇是假的，今文是真的；《盘庚》属于今文一类，应该是真的。但我研究《盘庚》用的代名词最杂乱不成条理，故我总疑心这三篇书是后人假造的。有时候，我自己想，我的怀疑《盘庚》，也许暗中含有报那一个“作瘤栗”的仇恨的意味罢？

《周颂》，《尚书》，《周易》等书都是不能帮助我作通顺文字的。但小说书却给了我绝大的帮助。从《三国演义》读到《聊斋志异》和《虞初新志》，这一跳虽然跳的太远，但因为书中的故事实在有趣味，故我能细细读下去。石印本的《聊斋志异》有圈点，故更容易读。到我十二三岁时，已能对本家姊妹们讲说《聊斋》故事了。那时候，四叔的女儿巧菊，禹臣先生的妹子广菊、多菊，祝封叔的女儿杏仙，和本家侄女翠蘋、定娇等，都在十五六岁之间；她们常常邀我去，请我讲故事。我们平常请五叔讲故事时，忙着替他点火，装旱烟，替他捶背。现在轮到我受人巴结了。我不用人装烟捶背，她们听我说完故事，总去泡炒米，或做蛋炒饭来请我吃。她们绣花做鞋，我讲《凤仙》，《莲香》，《张鸿渐》，《江城》。这样的讲书，逼我把古文的故事翻译成绩溪土话，遂使我更了解古文的文理。所以我到十四岁来上海开始作古文时，便能做很像样的文字了。

（五）

我小时身体弱，不能跟着野蛮的孩子们一块儿玩。我母亲也不准我和他们乱跑乱跳。小时不曾养成活泼游戏的习惯，无论在什么地方，我总是文绉绉地。所以家乡老辈都说我“像个先生样子”，遂叫我做“穈先生”。这个绰号叫出去之后，人都知道三先生的小儿子叫做糜先生了。既有“先生”之名，我不能不装出点“先生”样子，更不能跟着顽童们“野”了。有一天，我在我家八字门口和一班孩子“掷铜钱”，一位老辈走过，见了我，笑道：“糜先生也掷铜钱吗？”我听了羞愧的面红耳热，觉得大失了“先生”的身分！

大人们鼓励我装先生样子，我也没有嬉戏的能力和习惯，又因为我确是喜欢看书，故我一生可算是不曾享过儿童游戏的生活。每年秋天，我的庶祖母同我到田里去“监割”，（顶好的田，水旱无忧，收成最好，佃户每约田主来监割打下谷子，两家平分），我总是坐在小树下看小说。十一二岁时，我稍活泼一点，居然和一群同学组织了一个戏剧班，做了一些木刀竹铯，借得了几副假胡须，就在村口田里做戏。我做的往往是诸葛亮，刘备一类的文角儿；只有一次我做史文恭，被花荣一箭从椅子上射倒下去，这算是我最活泼的玩艺儿了。

我在这九年（一八九五——九〇四）之中，只学得了读书写字两件事。在文字和思想（看下章）的方面，不能不算是打了一点底子。但别的方面都没有发展的机会。有一次我们村里“当朋”（八都凡五村，称为“五朋”，每年一村轮着做太子会，名为“当朋”），筹备太子会，有人提议要派我加入前村的昆腔队里学习吹笙或吹笛。族里长辈反对，说我年纪太小，不能跟着太子会走遍五朋。于是我便失掉了这学习音乐的唯一机会。三十年来，我不曾拿过乐器，也全不懂音乐；究竟我有没有一点学音乐的天资，我至今还不知道。至于学图画，更是不可能的事。我常常用竹纸蒙在小说书的石印绘像上，摹画书上的英雄美人。有一天，被先生看见了，挨了一顿大骂，抽屉里的图画都被搜出撕毁了。于是我又失掉了学做画家的机会。

但这九年的生活，除了读书看书之外，究竟给了我一点做人的训练。在这一点上，我的恩师便是我的慈母。

每天天刚亮时，我母亲便把我喊醒，叫我披衣坐起。我从不知道她醒来坐了多久了。她看我清醒了，便对我说昨天我做错了什么事，说错了什么话，要我认错，要我用功读书。有时候她对我说父亲的种种好处，她说："你总要踏上你老子的脚步。我一生只晓得这一个完全的人，你要学他，不要跌他的股。"（跌股便是丢脸，出丑。）她说到伤心处，往往掉下泪来。到天大明时，她才把我的衣服穿好，催我去上早学。学堂门上的锁匙放在先生家里；我先到学堂门口一望，便跑到先生家里去敲门。先生家里有人把锁匙从门缝里递出来，我拿了跑回去，开了门，坐下念生书。十天之中，总有八九天我是第一个去开学堂门的。等到先生来了，我背了生书，才回家吃早饭。

我母亲管束我最严，她是慈母兼任严父。但她从来不在别人面前骂我一句，打我一下。我做错了事，她只对我一望，我看见了她的严厉眼光，便吓住了。犯的事小，她等到第二天早晨我眼醒时才教训我。犯的事大，她等到晚上人静时，关了房门，先责备我，然后行罚，或罚跪，或拧我的肉。无论怎样重罚，总不许我哭出声音来。她教训儿子不是借此出气叫别人听的。

有一个初秋的（旁）〔傍〕晚，我吃了晚饭，在门口玩，身上只穿着一件单背心。这时候我母亲的妹子玉英姨母在我家住，她怕我冷了，拿了一件小衫出来叫我穿上。我不肯穿，她说：

"穿上吧，凉了。"我随口回答："娘（凉）什么！老子都不老子呀。"我刚说了这句话，一抬头，看见母亲从家里走出，我赶快把小衫穿上。但她已听见这句轻薄的话了。晚上人静后，她罚我跪下，重重的责罚了一顿。她说："你没了老子，是多么得意的事！好用来说嘴！"她气的坐着发抖，也不许我上床去睡。我跪着哭，用手擦眼泪，不知擦进了什么微菌，后来足足害了一年多的眼翳病。医来医去，总医不好。我母亲心里又悔又急，听说眼翳可以用舌头舔去，有一夜她把我叫醒，她真用舌头舔我的病眼。这是我的严师，我的慈母。

我母亲二十三岁做了寡妇，又是当家的后母。这种生活的痛苦，我的笨笔写不出一万分之一二。家中财政本不宽裕，全靠二哥在上海经营调度。大哥从小便是败子，吸鸦片烟，赌博，钱到手就光，光了便回家打主意，见了香炉便拿出去卖，捞着锡茶壶便拿出去押。我母亲几次邀了本家长辈来，给他定下每月用费的数目。但他总不够用，到处都欠下烟债赌债。每年除夕我家中总有一大群讨债的，每人一盏灯笼，坐在大厅上不肯去。大哥早已避出去了。大厅的两排椅子上满满的都是灯笼和债主。我母亲走进走出，料理年夜饭，谢灶神，压岁钱等事，只当做不曾看见这一群人。到了近半夜，快要"封门"了，我母亲才走后门出去，央一位邻舍本家到我家来，每一家债户开发一点钱。做好做歹的，这一群讨债的才一个一个提着灯笼走出去。一会儿，大哥敲门回来了。我母亲从不骂他一句。并且因为是新年，她脸上从不露出一点怒色。这样的过年，我过了六七次。

大嫂是个最无能而又最不懂事的人，二嫂是个很能干而气量很窄小的人。她们常常闹意见，只因为我母亲的和气榜样，她们还不曾有公然相骂相打的事。她们闹气时，只是不说话，不答话，把脸放下来，叫人难看；二嫂生气时，脸色变青，更是怕人。她们对我母亲闹气时，也是如此。我起初全不懂得这一套，后来也渐渐懂得看人的脸色了。我渐渐明白，世间最可厌恶的事莫如一张生气的脸；世间最下流的事莫如把生气的脸摆给（傍）〔旁〕人看。这比打骂还难受。

我母亲的气量大，性子好，又因为做了后母后婆，她更事事留心，事事格外容忍。大哥的女儿比我只小一岁，她的饮食衣料总是和我的一样。我和她有小争执，总是我吃亏，母亲总是责备我，要我事事让她。后来大嫂二嫂都生了儿子了，她们生气时便打骂孩子来出气，一面打，一面用尖刻有刺的话骂给别人听。我母亲只装做不听见。有时候，她实在忍不住了，便悄悄走出门去，或到左邻立大嫂家去坐一会，或走后门到后邻度嫂家去闲谈。她从不和两个嫂子吵一句嘴。

每个嫂子一生气，往往十天半个月不歇，天天走进走出，板着脸，咬着嘴，打骂小孩子出气。我母亲只忍耐着，忍到实在不可再忍的一天，她也有她的法子。这一天的天明时，她便不起床，轻轻的哭一场。她不骂一个人，只哭她的丈夫，哭她自己苦命，留不住她丈夫来照管她。她先哭时，声音很低，渐渐哭出声来。我醒了起来劝她，她不肯住。这时候，我总听得见前堂（二嫂住前堂东房）或后堂（大嫂住后堂西房）有一扇房门开了，一个嫂子走出房向厨房走去。不多一会，那位嫂子来敲我们的房门了。我开了房门，她走进来，捧着一碗热茶，送到我母亲床前，劝她止哭，请她喝口热茶。我母亲慢慢停住哭声，伸手接了茶碗。那位嫂子站着劝一会，才退出去。没有一句话提到什么人，也没有一个字提到这十天半个月来的气脸，然而各人心里明白，泡茶进来的嫂子总是那十天半个月来闹气的人。奇怪的很，这一哭之后，至少有一两个月的太平清静日子。

我母亲待人最仁慈，最温和，从来没有一句伤人感情的话。但她有时候也很有刚气，不受一点人格上的侮辱。我家五叔是个无正业的浪人，有一天在烟馆里发牢骚，说我母亲家中有事总请某人帮忙，大概总有什么好处给他。这句话传到了我母亲耳朵里，她气的大哭，请了几位本家来，把五叔喊来，她当面质问他她给了某人什么好处。直到五叔当众认错赔罪，她才罢休。

我在我母亲的教训之下住了九年，受了她的极大极深的影响。我十四岁（其实只有十二岁零两三个月）便离开她了，在这广漠的人海里独自混了二十多年，没有一个人管束过我。如果我学得了一丝一毫的好脾气，如果我学得了一点点待人接物的和气，如果我能宽恕人，体谅人，——我都得感谢我的慈母。

十九，十一，廿一夜。

（原载于1930年5月《新月》第3卷第3期。）

我的信仰

一

我父胡珊，是一位学者，也是一个有坚强意志，有治理才干的人。经过一个时期的文史经籍训练后，他对于地理研究，特别是边省的地理，大起兴趣。他前往京师，怀了一封介绍书，又走了四十二日而达北满吉林，去进见钦差大臣吴大徵〔瀓〕。吴氏是现在见知于欧洲研究中国学问者之中国的一个大考古学家。

吴氏延见他，问有什么可以替他为力的。我父说道："没有什么，只求准我随节去解决中俄界务的纠纷，俾我得以研究东北各省的地理。"吴氏对于这个只有秀才底子，且在关外长途跋涉之后，差不多已是身无分文的学者，觉得有味。他带了这个少年去干他那历史上有名的差使，得他做了一个最有价值，最肯做事的帮手。

有一次与我父亲同走的一队人，迷陷在一个广阔的大森林之内，三天找不着出路。到粮食告罄，一切侦察均归失败时，我父亲就提议寻觅溪流。溪流，是多半流向森林外面去的。一条溪流找到了手，他们一班人就顺流而行，得达安全的地方。我父亲作了一首长诗纪念这次的事迹。及四十年后，我在论杜威教授系统思想说的一篇论文里，用这件事实以为例证，虽则我未尝提到他的名字，有好些与我父亲相熟而犹生存着的人，都还认得出这件故事，并写信问我，是不是他们故世已久的朋友的一个小儿子。

吴大徵〔澂〕对我父亲虽曾一度向政府荐举他为“有才治省的人”，他在政治上却并未得臻通显，历官江苏台湾后，遂于台湾因中日战争的结果而割让与日本时，以五十五岁的寿延逝世。

二

我是我父亲的幼儿，也是我母亲的独子。我父亲娶妻凡三次：前妻死于太平天国之乱，乱军焚掠我乡安徽南部各县，将其化为灰烬。次娶生了三个儿子，四个女儿。长子从小便证明是个难望洗心革命的败子。我父亲丧了次妻后，写信回家，说他一定要讨一个纯良强健而是庄稼人家的女儿。

我外祖父务农，于年终几个月内且兼业裁缝。他是出身于一个循善的农家，在太平之乱中，全家被杀。因他还只是一个小孩子，故被太平军掳做俘虏，带往军中当差。为要防他逃走，他的脸上就刺了“太平天国”四字，终其身都还留着。但是他吃了种种困苦，居然逃了出来，回到家乡，只寻得一片焦土，无一个家人还得活着。他勤苦工作，耕种田地，兼做裁缝，裁缝的手艺，是他在贼营里学来的。他渐渐长成，娶了一房妻子，生下四个儿女，我母亲就是最长的。

我外祖父一生的心愿就是想重建被太平军毁了的家传老屋。他每天早上，太阳未出，便到溪头去拣选三大担石子，分三次挑回废屋的地基。挑完之后，他才去种田或去做裁缝。到了晚上回家时，又去三次，挑了三担石子，才吃晚饭。凡此辛苦恒毅的工作，都给我母亲默默底看在眼里，她暗恨身为女儿，毫无一点法子，能减轻他父亲的辛苦，促他的梦想实现。

随后来了个媒人，在田里与我外祖父会见，雄辩滔滔的向他替我父亲要他大女儿的庚帖。（按胡先生《我的母亲的订婚》一章里面，用的是“八字”二字，英文系birth date paper故译庚帖，似较贴切。）我外祖父答应回去和家里商量。但是到他在晚上把所提的话对他的妻子说了，她就大生气。她说：“不行！把我女儿嫁给一个大她三十岁的人，你真想得起？况且他的儿女也有年纪比我们女儿还大的！还有一层，人家自然要说我们嫁女儿给一个老官，是为了钱财体面而把她牺牲的。”于是这一对老夫妻吵了一场。后来做父亲的说：“我们问问女儿自己。说去说来，这到底是她自己的事。”

到这个问题对我母亲提了出来，她不肯开口，中国女子遇到同类的情形常是这样的。但她心里却在深思沉想。嫁于中年丧偶，兼有成年儿女的人做填房，送给女家的聘金财礼比一般婚媾却要重得多。这点于她父亲盖房子的计画将大有帮助。况且她以前又是见过我父亲的，知道他为全县人所敬重。她爱慕他，愿意嫁他，为的半是英雄崇拜的意识，但大半却是想望帮助劳苦的父亲的孝思。所以到她给父母逼着答话，她就坚决的说：“只要你们俩都说他是好人，请你们俩作主。男人家四十七岁也不能算是老。”我外祖父听了叹了一口气，我外祖母可气的跳起来，忿忿的说：“好呵！你想做官太太了！好罢！听你情愿罢！”

三

我母亲于一八八九年结婚，时年十七，我则生在一八九一年十二月。我父殁于一八九五年，留下我母亲二十三岁做了寡妇。我父弃世，我母便做了一个有许多成年儿女的大家庭的家长。中国做后母的地位是十分困难的，她的生活自此时起，自是一个长时间的含辛茹苦。

我母最大的禀赋就是容忍。中国史书纪载唐朝有个皇帝垂询张公仪那位家长，问他家以什么道理能九世同居而不分离拆散。那位老人家因过于衰迈，难以口述，请准用笔写出答奏，他就写了一百个“忍”字。中国道德家时常举出“百忍”的故事为家庭生活最好的例子，但他们似乎没有一个曾觉察到许多苦恼倾轧，压迫和不公平，使容忍成了一种必不可少的事情。

那班接脚媳妇凶恶不善的感情，利如锋刃的话语，含有敌意的嘴脸我母亲事事都耐心容忍。她有时忍到不可再忍，这才早上不起床，柔声大哭，哭她早丧丈夫。她从不开罪她的媳妇，也不提开罪的那件事。但是这些眼泪，每次都有神秘莫测的效果。我总听得有一位嫂嫂的房门开了，和一个妇人的脚步声向厨房走去。不多一会，她转来敲我们的房门了。她走进来捧着一碗热茶，送给我的母亲，劝她止哭。我母亲接了茶碗，受了她不出声的认错。然后家里又太平清静得个把月。

我母亲虽则并不知书识字，却把她的全副希望放在我的教育上。我是一个早慧的小孩，不满三岁时，就已认了八百多字，都是我父亲每天用方块红笺教我的。我才过三岁，便在学堂里念书。我当时是个多病的小孩，没有搀扶，不能跨一个六英吋高的门槛。但我比学堂里所有别的学生都能读能记些。我从不着跟村中孩子们一块儿顽，更因我缺少游戏，我五岁时就得了“先生”的绰号。十五年后，我在康奈耳大学做二年级时，也同是为了这个弱点，而被了Doc（即doctor缩读，音与dog同，故用作谐称译者）的浑名。

每天天还未亮时，我母亲便把我喊醒，叫我在床上坐起。她然后把对我父亲所知的一切告诉我。她说她望我踏上他的脚步，她一生只晓得他是最善良最伟大的人，据她说，他是一个多么受人敬重的人，以致在他间或休假回家的时期中，附近烟窟赌馆都概行停业。她对我说我惟有行为好，学业科考成功，才能使他们两老增光，又说她所受的种种苦楚得以由我勤敏读书来酬偿。我往往眼睛半睁半闭的听，但她除遇有女客与我们同住在一个房间的时候外，罕有不施这番晨训的。

到天大明时，她才把我的衣服穿好，催我去上学。我年稍长，我总是第一个先到学堂，并且差不多每天早晨都是去敲先生的门要钥匙去开学堂门。钥匙从门缝里递了出来，我隔一会就坐在我的座位上朗念生书了。学堂要到薄暮才放学，届时每个学生都向朱印石刻的孔夫子大像和先生鞠躬回家。日中上课的时间平均是十二小时。

我母亲一面不许我有任何种的儿童游戏，一面对于我建一座孔夫子神龛的孩子气的企图，予我种种鼓励。我是从我同父异母姊的长子，大我五岁的一个小孩那里学来的。他做了一座纸札的夫子神龛贴着许多金纸色纸使我心里羡慕。我用一个大纸匣子做了大庭，背后挖空一方块，用一只小匣子糊上去，做了摆孔子牌位的内堂。外殿我供了一班贤门弟子，并贴了些小小的匾对，书着颂扬这位大圣人的字句，其中半系录自我外甥的庙里，半系自书中抄来。在这件顽具的庙前，频频有香炷燃着，我母亲对于我这番有孩子气的虔敬也觉得欢喜，暗信孔子的神灵一定有报应，使我成为一个有名的学者，并在科考中成为一个及第的士子。

我父亲是一个经学家，也是一个严守朱熹（一一三〇—一二〇〇）的新儒教理学的人。他对于释道两教强烈反对。我还记得见我叔父家（那是我的开蒙学堂）的门上有一张日光晒没了的字条，写着“僧道无缘”几个字，我后来才得知这是我父亲所遗理学家规例的一点。但是我父亲业已去世，我那彬彬儒雅的叔父，又到皖北去做了一员小吏，而我的几位哥子则都在上海。

剩在家里的妇女们，对于我父亲的理学遗规，没有什么拘束了。他们遵守敬奉祖宗的常礼，并随风俗时会所趋，而自由礼神拜佛。观音菩萨是他们所最爱的神，我母亲为了是出于焦虑我的健康福祉的念头，也做了观音的虔诚信士。我记得有一次她到山上观音阁里去进香，她虽缠足，缠足是苦了一生的，在整段的山路上，还是步行来回。

我在村塾（村中共有七所）里读书，读了九年（一八九五—一九〇四），在这个期间，我习读记诵了下列几部书：

1.《孝经》：孔子后的一部经籍，作者不明。

2.《小学》：一部论新儒教道德学说的书，普通谓系宋哲朱熹所作。

3.《四书》：《论语》，《孟子》，《大学》，《中庸》。

4.《五经》中的四经：《诗经》，《尚书》，《易经》，《礼记》。

我母亲对于家用向来是节省的，而付我先生的学金，却定比平常要多三倍。平常学金两块银元一年，她首先便送六块钱，后又逐渐增加到十二元，由增加学金这一小点事情，我得到千百倍于上述数目比例所未能给的利益。因为那两元的学生，单单是高声朗读，用心记诵，先生从不劳神去对他讲解所记的字。独我为了有额外学金的缘故，得享受把功课中每字每句解给我听，就是将死板文字译作白话这项难得的权利。

我年还不满八岁，就能自己念书。由我二哥的提议，先生使我读《资治通鉴》，这部书，实在是大历史家司马光于一〇八四年所辑编年式的中国通史。这番读史，使我发生很大的兴趣，我不久就从事把各朝代各帝王各年号编成有韵的要略，以资记忆。

随后有一天，在我叔父家里的废纸箱中，偶然看见一本《水浒传》的残本，便站在箱边把他看完了。我跑遍全村，不久居然得着全部。从此以后，我像老饕一般读尽了本村邻村所知的小说。这些小说都是用白话或口语写的，既易了解，又有引人入胜的趣味。它们教我人生，好的教，坏的也教，又给了我一件文艺的工具，若干年后，使我能在中国开始众所称为“文学革命”（Literary Renaissance直译当为文艺复兴。译者按）的运动。

其时，我的宗教生活经过一个特异的激变。我系生长在拜偶像的环境，习于诸神凶恶丑怪的面孔，和天堂地狱的民间传说。我十一岁时，一日，温习朱子的《小学》，这部书是我能背诵而不甚了解的。我念到这位理学家引司马光那位史家攻击天堂地狱的通俗信仰的话。这段话说："形既朽灭，神亦飘散。虽有剉烧舂磨，亦无所施。"这话好像说得很有道理，我对于死后审判的观念，就开始怀疑起来。

往后不久，我读司马光的《资治通鉴》，读到第一百三十六卷中有一段，使我成了一个无神论者。所说起的这一段述纪元五世纪名范缜的一位哲学家，与朝众竞辩"神灭论"，朝廷当时是提倡大乘佛法的。范缜的主见，由司马光撮述为这几句话："形者神之质也，神者形之用也。神之于形，犹利之于刀。未闻刀没而利存，岂容形灭而神在哉？"

这比司马光的形灭神散的见解——一种仍认有精神的理论——还更透澈有理。范缜根本否认精神为一种实体，谓其仅系神之用。这一番化繁为简合着我儿童的心胸。读到"朝野喧哗，难之，终不能屈"更使我心悦。

同在那一段内，又引据范缜反对因果轮回说的事，他与竟陵王谈论，王对他说："君不信因果，何得有富贵贫贱？"范缜答道："人生如树花同发，随风而散，或拂帘幌，坠茵席之上；或关篱墙，落粪溷之中。堕茵席者，殿下是也。落粪者，下官是也。贵贱虽复殊途，因果竟在何处？"

因果之说，由印度传来，在中国人思想生活上已成了主要部分的少数最有力的观念之一。中国古代道德家，常以善有善报恶有恶报为训。但实在生活上并不真确。佛教的因果优于中国果报观念的地方，就是可以躲过这个问题，将其归之前世来世不断的轮回。

但是范缜的比喻，引起了我幼稚的幻想，使我摆脱了噩梦似的因果绝对论，这是以偶然论来对定命论。而我以十一岁的儿童就取了偶然而叛离了运命。我在那个儿童时代是没有牵强附会的推理的，仅仅是脾性迎拒罢了。我是我父亲的儿子，司马光和范缜又得了我的心，仅此而已。

四

但是这一种心境的激变，在我早年不无可笑的结果。一九〇三年的新年里，我到我住在二十四里外的大姊家去拜年。在她家住了几天，我和她的儿子回家，他是来拜我母亲的年的，他家的一个长工替他挑着新年礼物。我们回到路上经过一个亭子，供着几个奇形怪状的神像。我停下来对我外甥说："这里没有人看见，我们来把这几个菩萨抛到污泥坑里去罢。"我这带孩子气的毁坏神像主张，把我的同伴大大地吓住了，他们劝我走路，莫去惹那些本来已经濒于危境的神道。

这一天正是元宵灯节。我们到了家中，家里有许多客人，我的肚子已经饿了，开饭的时候，我外甥又劝我喝了一杯烧酒，酒在我的空肚子里，便作怪起来。我不久便在院子里跑，喊月亮下来看灯。我母亲不悦，叫人来捉我。我在他们前头跑，酒力因我奔路，作用更起得快。我终被捉住，但还努力想挣脱。我母亲抱住我，不久便有许多人朝我们围拢来。

我心里害怕，便胡说乱道起来。于是我外甥家的长工走到我母亲身边，低低的说："外婆，我想信他定是精神错乱了。恐怕是神道怪了他。今天下午我们路过三门亭，他提议要把几尊菩萨抛污泥坑里去。一定是这番话弄出来的事。”我窃听了长工的话，忽然想出一条妙计。我喊叫得更凶，好像我就真是三门亭的一个神一样。我母亲于是便当空焚香祷告，说我年幼无知无咎，许下如果蒙神恕我小孩子的罪过，定到亭上去烧香还愿。

这时候得报说龙灯来了，在我们屋里的人，都急忙跑去看，只剩下我和母亲两个人。一会儿我就睡着了。母亲许的愿，显然是灵应了。一个月后，我母亲和我上外婆家去，她叫我恭恭敬敬的还我们许下的愿。

五

我年甫十三，即离家上路七日，以求“新教育”于上海。自这次别离后，我于十四年之中，只省候过我母亲三次，一总同她住了大约七个月。出自她对我伟大的爱忱，她分明没有洒过一滴眼泪就送我出门，让我在这广大的世界中，独自求我自己的教育和发展，带着一种母亲的爱，一个读书的习惯，和一小点怀疑的倾向。

我在上海过了六年（一九〇四——九一〇），在美国过了七年（一九一〇——九一七）。在我停留在上海的时期内，我经历过三个学校（无一个是教会学校），一个都没有毕业。我读了当时所谓的“新教育”的基本东西，以历史，地理，英文，教学，和一点零碎的自然科学为主。从故林纾氏及其他诸人的意译中，我得初次认识一大批英国和欧洲的小说家，司各提（Scott），狄更司（Dickens），大小仲马（Dumas peres et fils），嚣俄（Hugo），以及托尔斯泰（Tolstoy）等氏的都在内。我读了中国上古中古几位非儒教和新儒教哲学家的著作，并喜欢墨翟的兼爱说与老子庄子有自然色彩的哲学。

从当代力量最大的学者梁启超氏的通俗文字中，我渐得略知霍布士（Hobbes），笛卡儿（Descartes），卢骚（Rousseau），宾坦（Bentham），康德（Kant），达尔文（Darwin）等诸泰西思想家。梁氏是一个大崇拜近代西方文明的人，连续发表了些文字，坦然承认：中国人以一个民族而言，对于欧洲人所具的许多良好特性，感受缺乏；显著的是注重公共道德，国家思想，爱冒险，私人权利观念与热心防其被侵，爱自由，自治能力，结合的本事与组织的努力，注意身体的培养与健康等。就是这几篇文字猛力把我从以我们古旧文明为自足，除战争的武器，商业特运的工具外，没有什么要向西方求学的这种安乐梦中，霍醒出来。它们开了给我，也就好像开了给几千几百别的人一样，对于世界整个的新眼界。

我又读过严复所译穆勒（John stuart Mill）的《自由论》（*On Liberty*）和赫胥黎（Huxley）的《天演论》（*Evolution and Ethic*）。严氏所译赫胥黎的论著于一八九八年就出版，并立即得智识阶级的接收。有钱的人拿钱出来翻印新版以广流传（当时并没有版权），因为有人以达尔文的言论，尤其是它在社会上与政治上的运用，对于一个感受惰性与濡滞日久的民族，乃是一个合宜的刺激。

数年之间，许多的进化名词在当时报章杂志的文字上，就成了谚语式的词句。无数的人，都采来做自己的和儿辈的名号，由是提醒他们国家与个人在生存竞争中消灭的祸害。向尝一度闻名的陈炯明以“竞存”为号。我有两个同学名“杨天选”和“孙竞存”。

就是我自己的名字，对于中国以进化论为时尚，也是一个证据。我请我二哥替我起个学名的那天早上，我还记得清楚。他只想了一刻，他就说，“‘适者生存’中的‘适’字怎么样？”我表同意；先用来做笔名，最后于一九一〇年就用作我的名字。

六

我对于达尔文与斯宾塞两氏进化假说的一些知识，很容易的与几个中国古代思想家的自然学说联了起来。例如在道家伪书《列子》所述的下面这个故事中，发现两千年前有一个一样年轻，同抱一样信仰的人，使我的童心欢悦：

> 齐田氏祖于庭，食客千人。中坐有献鱼雁者，田氏视之，乃叹曰：“天之于民厚矣！殖五谷，生鱼鸟以为之用。”众客和之如响。鲍氏之子，年十二，预于次，进曰：“不如君言。天地万物，与我并生类也。类无贵贱。徒以小大智力而相制，迭相食，非相为而生之。人取食者而食之，岂天本为人而生之？且蚊蚋噆肤，虎狼食肉，非天本为蚊蚋生人，虎狼生食者哉？”

一九〇六年，我在中国公学同学中，有几位办了一个定期刊物，名《竞争》——达尔文学说通行的又一例子——其主旨在以新思想灌输于未受教育的民众，系以白话刊行。我被邀在创刊号撰稿，一年之后，我独自做编辑。我编辑这个杂志的工作不但帮助我启发运用现行口语为一种文艺工具的才能，且以明白的话语及合理的次序，想出自我幼年就已具了形式的观念和思想。在我为这个杂志所著的许多论文内，我猛力攻擎人民的迷信，且坦然是主张毁弃神道兼持无神论的。

一九〇八年，我家因营业失败，经济大感困难。我于十七岁上，就必需供给我自己读书，兼供养家中的母亲。我有一年多停学教授初等英文，每日授课五小时，月得修金八十元。一九一〇年，我教了几个月的国文。

那几年（一九〇九—（一九）一〇）是中国历史上的黑暗时代，也是我个人历史上的黑暗时代。革命在好几省内爆发，每次都归失败。中国公学原是革命活动的中心，我在那里的旧同学中参加此等密谋的实繁有徒，丧失生命的，为数也不少。这班政治犯有好些来到上海与我住在一起，我们都是意气消沉，厌世悲观的。我们喝酒，作悲观的诗词，日夜谈论，且往往作没有输赢的赌博。我们甚至还请了一个老伶工来教我们唱戏。有一天早上，我作了一首诗，中有这一句："严霜傲弱日"！(此诗尝试集中查考不出, 故拟为批译一句, 再附英文译文于下 "How proudly does the wintry frost scorn the powerless rays of the sun"。)

意气消沉与执劳任役驱使我们走入了种种的流浪放荡，有一个雨夜，我喝酒喝得醺醺大醉，在街上与巡捕角斗，把我自己弄进监里去关了一夜。到我次晨回寓，在镜中看出我脸上的血痕，就记起李白饮酒歌中的这一句："有人用武力，仍出吾身物。"（Some use might yet be made of this material born in me. 这一句一时也查不出原文，所以僭译大意之外，再附原文以便阅者查考。）我决心与教书和我的这班朋友脱离。下了一个月的苦工夫，我就前往北京投考用美国退还庚子赔款所设的学额。我考试及格，即于七月间放洋赴美。

七

我到美国，满怀悲观，但不久便交结了些朋友，对于那个国家和人民都很喜爱。美国人出自天真的乐观与朝气给了我很好的印象。在这个地方，似乎无一事一物不能由人类智力做得成的。我不能避免这种对于人生持有喜气的眼光的传染，数年之间，就渐治疗了我少年老成的态度。

我第一次去看足球比赛时，我坐在那里以哲学的态度，以球赛时的粗暴及狂叫欢呼为乐，而这种狂叫欢呼在我看来，似乎是很不够大学生的尊严。但是到竞争愈渐激烈，我也就开始领悟这种热心。随后我偶然回头，望见白了头发的植物学教授劳理先生（Mr. W. W. Rowlee）诚心诚意的在欢呼狂叫，我觉得如是的自惭，以致我不久也就热心的陪着众人欢呼了。

就是在民国初年最黑暗的时期内，我还是想法子打起我的精神。在致一个华友的信里面，我说道："除了你我自己灰心失意，以为无希望外，没有事情是无希望的。"（译意——译者。）在我的日记上，我记下些引录的句子，如引克洛甫（Clough）的这一句："如果希望是麻醉物，恐惧就是作伪者。"又如我自己译自勃浪宁的这一节诗：

从不转背而挺身向前，

从不怀疑云要破裂，

虽合理的弄糟，违理的占胜

　　而从不作迷梦的，

相信我们沉而再升，败而再战，

　　睡而再醒。

（胡先生尝试集中并无此译诗，故译其大意，并附原文于后）

One who never turned his back，but marched breast forword,

Never doubted clouds would break,

Never famed, though right were worsted.

　　wrong would triumph,

Held we fall to rise，are baffled to fight hetter,

　　sleep to wake.

九一四年一月，我写这一句在我的日记：“我相信我自离开中国后，所学得的最大的事情；就是这种乐观的人生哲学了。”一九一五年，我以关于勃浪宁最优的论文得受柯生奖金（Hiram Corson Prize）。我论文的题目是《勃浪宁乐观主义辨》（*In Defense of Browning's Optimism*）。我想来大半是我渐次改变了的人生观使我于替他辩护时，以一种诚信的意识来发言。

我系以在康奈耳大学做纽约农科学院的学生开始我的大学生涯。我的选择是根据了当时中国盛行的，谓中国学生须学点有用的技艺，文学哲学是没有什么实用的这个信念。但是也有一个经济的动机：农科学院当时不收学费，我心想我或许还能够把每月的月费省下一部来汇给我的母亲。

农场上的经验我一点都不曾有过，并且我的心也不在农业上。一年级的英国文学及德文课程，较之农场实习和养果学，反使我感觉兴趣。踌躇观望了一年又半，我最后转入文理科学院，受一次缴纳是个学期的学费，使我是于八个月困境的处分。但是我对于我的新学科觉得更为自然，从不懊悔这番改变。

有一科《欧洲哲学史》——归故克莱顿教授（Professor J. E. Creighton）那位恩师主持——领导我以哲学做了主科。我对于英国文学与政治学也深有兴趣。康奈耳的哲学院（The Sage School of Philosophy）是唯心论的重镇。在其领导之下，我读了古代近代古典派哲学家比较重要的著作。我也读过晚近唯心论者如布拉特莱（Bradley）、鲍森揆（Bosanguet）等的作品，但是他们提出的问题从未引起我的兴趣。

一九一五年，我往哥林比亚大学（Columbia University）就学于杜威教授（Professor John Dewey），直至一九一七年我回国之时为止。得着杜威的鼓励，我著成的论文《先秦名学史》，这篇论文，使我把中国古代哲学著作重读一过，并立下我对于中国思想史的一切研究的基础。

八

我留美的七年间，我有许多课外的活动，影响我的生命和思想，说不定也与我的大学课业一样。当意志颓唐的时候，我对于基督教大感兴趣，且差不多把《圣经》读完。一九一一年夏，我出席于在宾雪凡尼亚（Pennsylvania）普柯诺派恩司（Pocono

Pines）举行的中国基督教学生会的大会做来宾时，我几乎打定主意做了基督徒。

但是我渐渐的与基督教脱离，虽则我对于其发达的历史曾多有习读。因为有好久时光我是一个信仰无抵抗主义的信徒。耶稣降生前五百年，中国哲学家老子曾传授过上善若水，水善应万物而不争。我早年接收老子的这个教训，使我大大的爱着《登辨宝训》。

一九一四年，世界大战爆发，我深为比利时的命运所动，而成了一个确定的无抵抗者。我在康奈耳大同俱乐部（Cornell Cosmopolitan Club）住了三年，结交了许多各种国籍的热心朋友。受着像那士密氏（George Nasmyth）和麦慈（John Mez）那样唯心的平和论者的影响，我自己也成了一个热心的平和论者。大学废军联盟因维腊特（Oswald Garrison Villard）的提议而成立于一九一五年，我是其创办人之一。

到后来，各国际政体俱乐部（International Polity Clubs）成立，我在那士密氏和安格尔（Norman Angell）的领导之下，做了一个最活动的会员，且曾参加过其起首两（届）〔届〕的年会。一九一六年，我以我的论文《国际关系中有代替武力的吗？》（*Is there a Substitute for Force in International Relations*？）得受国际政体俱乐部的奖金，在这篇论文里面，我阐明依据以法律为有组织的武力建立一个国际联盟的哲理。

我的平和主义与国际大同（志）〔主〕义往往使我陷入十分麻烦的地位。日本由攻击德国在山东的领土以加入世界大战时，向世界宣布说这些领土"终将归还中国"。我是留美华人中唯一相信这个宣言的人，并以文字辨驳说日本于其所言说不定是意在必行的。关于这一层，我为许多同辈的学生所嘲笑。及一九一五年日本提出有名的对华二十一条件，留美学生，人人都赞成的即与日本开战。我写了一封公开的信给《中国留美学生月报》，劝告处之以温和，持之以冷静，我为这封信受了各方面的严厉攻击，且屡被斥为卖国贼。战争是因中国接受一部要求而得避免了，但德国在华领土则直至七年之后才交还中国。

我读易卜生（Ibsen），莫黎（John Morley）和赫胥黎诸氏的著作教我思考诚实与发言诚实的重要。我读过易卜生所有的戏剧，特别爱看《人民之敌》（*An Enemy of the People*）。莫黎的《论妥协》（*On Compromise*）先由我的好友威廉思女士（Miss Edith Clifford Williams）介绍给我，她是一直做了左右我生命最重要的精神力量。莫利曾教我："一种主义，如果健全的话，是代表一种较大的便宜的。为了一时似是而非的便宜而将其放弃，乃是为小善而牺牲大善。疲弊时代，（刹）〔剥〕夺高贵的行为和向上的品，没有什么有这样拿得定的了。"

赫胥黎还更进一步，教授一种理知诚实的方法。他单单是说："拿也如同可以证明我相信别的东西为合理的那种种证据来，那么我就相信人的不朽了。向我说类比和或能是无用的。我说我相信倒转平方律时，我是知道我意何所指的，我必不把我的生命和希望放在较弱的信证上。"赫胥黎也曾说过："一个人生命中最神圣的举动，就是说出并感觉得'我相信某项某项是真的'。生在世上一切最大的赏，一切最重的罚，都是系在这个举动上。"

人生最神圣的责任是努力思想得好（to think well），我就是从杜威教授学来的。或思想得不精，或思想而不严格的到它的前因后果，接受现成的，整块的概念以为思想的前提，而于不知不觉间受其个人的影响，或多把个人的观念由造成结果而加以测验，在理知上都是没有责任心的。真理的一切最大的发现，历史上一切最大的灾祸，都有赖于此。

杜威给了我们一种思想的哲学，以思想为一种艺术，为一种技术。在《思维术》（*How To Think*）和《实验逻辑论文集》（*Essays in Experimental Logic*）里面，他制出这项技术，我察出不但于实验科学上的发明为然，即于历史科学上最佳的探讨，内容的详定，文字的改造，及高等的批评等也是如此。在这种种境域内，曾由同是这个技术而得到最佳的结果，这个技术主体上是具有大胆提出假设，和上诚恳留意于制裁与证实。这个实验的思想技术，堪当创造的智力（Creative Intelligence）这个名称，因其在运用想像机智以寻求证据，做成实验上，和在自思想有成就的结实所发出满意的结果上，实实在在是有创造性的。

奇怪之极，这种功利主义的逻辑竟使我变成了一个做历史探讨工作的人。我曾用进化性的去思想，而这种有进化性的思想习惯，就做了我后此在思想史及文学工作上的成功之钥。尤更奇怪的，这个历史的思想方法并没有使我成为一个守旧的人，而时常是进步的人。例如，我在中国对于文学革命的辩论全是根据无可否认的历史进化的事实，且一向都非我的对方所能答覆得来的。

九

我母亲于一九一八年逝世，她的逝世，就是引导我把我在这广大世界中摸索了十四年多些的信条第一次列成条文的时机。这个信条系于一九一九年发表在以《不朽》（*Immortality*，*My Religion*）为题一篇文章里面。

因有我在幼童时期读书得来的学识，我早久就已摒弃了个人死后生存的观念了。好多年来，我都是以一种“三不朽”的古说为满意，这种古说我是在《春秋左氏传》里面找出来的，传记里载贤臣叔孙豹于纪元前五四八年（时孔子还只有三岁，译者按即鲁襄公二十四年）谓有立德立功，立言三不朽。此三者“虽久不忘，此之谓不朽”。这种学说引动我心有如是之甚，以致我每每向我的外国朋友谈起，并给了它一个名字，叫做“三W的不朽主义”（三W即Worth，Work，Words三字的头一个字母。）

我母亲的逝世使我从新想到这个问题，我就开始觉得三不朽的学说有修正的必要。第一层，其弱点在太过概括一切。在这个世界上，有多少人其在德行功绩言语上的成就，其哲理上的智慧能久久不忘的呢？例如哥伦布是可以不朽的了，但是他那些别的水手怎样呢？那些替他造船或供给他用具的人，那许多或由作有勇敢的思考，或由在海洋中作有成无成的探险，替他铺下道路的前导又怎样呢？简括的说，一个人应有多大的成就才可以得不朽呢？

次一层，这个学说对于人类的行为没有消极的裁制。美德固是不朽的了，但是恶德又怎样呢？我们还要再去借重审判日或地狱之火吗？

我母亲的活动从未超出家庭间琐屑细事之外，但是她的左右力，能清清楚楚的从来吊祭她的男男女女的脸上看得出来。我检阅我已死的母亲的生平，我追忆我父亲个人对她毕生左右的力量，及其对我本身垂久的影响，我遂诚信一切事物都是不朽的。我们所做的一切什么人，我们所干的一切什么事，我们所讲的一切什么话，从在世界上某个地方自有其影响这个意义看来，都是不朽的，这个影响又将依次在别个地方有其效果，而此事又将继续入于无限的空间与时间。

正如列勃涅慈（Leibnitz）有一次所说："人人都感觉到在宇宙中所经历的一切，以是那目睹一切的人，可以从经历其他各处的事物，甚至曾经并将识别现在的事物中，解识出在时间与空间上已被移动的事物。"我们是看不见一切的，但一切事物都在那里，达到无穷境无穷期。一个人就是他所吃的东西，所以达柯塔的务农者，加利芳尼亚的种果者，以及千百万别的粮食供给者的工作，都是生活在他的身上。一个人就是他所想的东西，所以凡曾于他有所左右的人——自苏格拉底（Socrates），柏拉图（Plato），孔子以至于他本区教会的牧师和抚育保姆——都是生活在他的身上。一个人也就是他所享乐的东西，所以无数美术家和以技取悦的人，无论现尚生存或久已物故，有名无名，崇高粗俗，都是生活在他的身上。诸如此类，以至于无穷。

一千四百年前，有一个人写了一篇论"神灭"的文章，被认为亵渎神圣，有如是之甚，以致其君皇敕七十个大儒来相驳难，竟给其驳倒。但是百年后，有一位史家把这篇文章在他的伟大的史籍中纪了一个撮要。又过了九百年。然后有一个十一岁的小孩偶然碰到这个三十五个字的简单撮要，而这三十五个字，于埋没了一千四百年之后，突然活了起来，而生活于他的身上，更由他而生活于几千百个男男女女的身上。

一九一二年，我的母校来了一位英国讲师，发表一篇演说，《论中国建立共和的不可能》。他的演讲当时我觉得很为不通，但是我以他对于母音O的特异的发音方法为有趣，我就坐在那里摹拟以自娱。他的演说久已忘记了，但是他对于母音O的发音方法这些年来却总与我不离，说不定现在还在我的几千百个学生的口上，而从没有觉察到是由于我对于布兰特先生（Mr. J. C. P. Bland）的恶作剧的摹仿。而布兰特先生也是从不知道的。

两千五年前，希马拉雅山的一个山峡里死了一个乞丐。他的尸体在路傍已在就腐。来了一个少年王子，看见这个怕人的景象，就从事思考起来。他想到人生及其他一切事物的无常，遂决心脱离家庭，前往旷野中去想出一个自救以救人类的方法。多年后，他从旷野里出来，做了释迦佛，而向世界宣布他所找出的拯救的方法。这样，甚至一个死丐尸体的腐溃，对于创立世界上一个最大的宗教，也曾不知不觉的贡献了其一部份。

这一个推想的线索引导我信了可以称为社会不朽（Social Immortality）的宗教，因为这个推想在大体上全系根据于社会的我的影响，日积月累而成小我，小我对于其本身是些什么，对于可以称社会，人类，或大自在的那个大我有些什么施为，都留有一个不抹去的痕记这意思。小我是会要死的，但是他还是继存活在这个大我身上，这个大我乃是不朽的。他的一切善恶功罪，他的一切言行思想，无论是显著的或细微的，对的或不对的，有好处或有坏处——样样都是生存在其对于大我所产生的影响上。这个大我永远生存，做了无数小我胜利或失败的垂久宏大的左证。

这个社会不朽的概念，比中国古代三不朽学说更为满意，就在于包括英雄圣贤。也包括贱者微者，包括美德，也包括恶德，包括功绩也包括罪孽。就是这项承认善的不朽，也承认恶的不朽，才构成这种学说道德上的许可。一个死尸的腐烂可以创立一个宗教，但也可以为患全个大陆。一个酒店侍女偶发的一个议论可以使一个波斯僧侣豁然大悟，但是一个错误的政治或社会改造议会却可以引起几百年的杀人流血，发现一个极微的杆菌可以福利几千百万人，但是一个害痨的人吐出的一小点痰涎也可以害死大批的人，害死几世几代。

人所做的恶事，的确是在他们身后还存在的！就是明白承认行为的结果才构成我们道德责任的意识。小我对于较大的社会的我负有钜大的债项，把他干的什么事情，作的什么事想，做的什么人物，概行对之负起责任，乃是他的职分。人类之为现在的人类固是由我们祖先的智行愚行所造而成，但是到我们做完了我们份内时，我们又将由人类将成为怎么样而受裁判了。我们要说，“我们之后是大灾大厄”吗？抑或要说，“我们之后是幸福无疆”吗？

十

一九二三年，我又得了一个时机把我们信条列成更普通的条文。地质学家丁文江氏所著，在我所主编的一个周报上发表，论《科学与人生观》的一篇文章，开始了一场差不多延持了一个足年的长期论战。在中国凡有点地位的思想家，全都曾参与其事。到一九二三年终，由某个善经营的出版家把这个论战的文章收集起来，字数竟达二十五万。我被请为这个集子作序。我的序言给这本已卷帙繁重的文集又加了一万字，而以我所拟议的“新宇宙观和新人生观的轮廓”为结论，不过有些含有敌意的基督教会，却以恶作剧的口吻，称其为“胡适的新十诫”，我现在为其自有其价值而选译出来：（译者按：以下原系由中文译成英文，故不再译，即径录胡先生中文原文。）

1. 根据于天文学和物理学的知识，叫人知道空间的无限之大。

2. 根据于地质学及古生物学的知识，叫人知道时间的无穷之长。

3. 根据于一切科学，叫人知道宇宙及其中万物的运行变迁皆是自然的，——自己如此的，——正用不着什么超自然的主宰或造物者。

4. 根据于生物的科学的知识，叫人知道生物界的生存竞争的浪费与惨酷，——因此，叫人更可以明白那“有好生之德”的主宰的假设是不能成立的。

5. 根据于生物学，生理学，心理学的知识叫人知道人不过是动物的一种，他和别种动物只有程序的差异，并无种类的区别。

6. 根据于生物的科学及人类学，人种学，社会学的知识，叫人知道生物及人类社会演进的历史和演进的原因。

7. 根据于生物的及心理的科学，叫人知道一切心理的现象都是有因的。

8. 根据于生物学及社会学的知识，叫人知道道德礼教是变迁的，而变迁的原因都是可以用科学的方法寻求出来的。

9. 根据于新的物理化学的知识，叫人知道物质不是死的，是活的；不是静的，是动的。

10. 根据于生物学及社会学的知识，叫人知道个人——“小我”——是要死灭的，而人类——“大我”——是不死的，不朽的；叫人知道“为全种万世而生活”就是宗教，就是最高的宗教；而那些替个人谋死后的“天堂”“净土”的宗教，乃是自私自利的宗教。

我结论道：“这种新人生观是建筑在二三百年的科学常识之上的一个大假设，我们也许可以给他加上‘科学的人生观’的尊号。但为避免无谓的争论起见，我主张叫他做‘自然主义的人生观’。

“在那个自然主义的宇宙里，在那无穷之大的空间里，在那无穷之长的时间里，这个平均高五尺六寸，上寿不过百年的两手动物——人——真是一个藐乎其小的微生物了。在那个自然主义的宇宙里，天行是有常度的，物变是有自然法则的，因果的大法支配着他——人——的一切生活，生存竞争的惨剧鞭策着他的一切行为，——这个两手动物的自由真是很有限的了。

“然而那个自然主义的宇宙里的这个渺小的两手动物却也有他的相当的地位和相当的价值。他用的两手和一个大脑，居然能作出许多器具，想出许多方法，造成一点文化。他不但驯伏了许多禽兽，他还能考究宇宙间的自然法则，利用这些法则来驾驭天行，到现在他居然能叫电气给他赶车，以太给他送信了。

“他的智慧的长进就是他的能力的增加；然而智慧的长进却又使他的胸襟扩大，想像力提高。他也曾拜物拜畜生，也曾怕神怕鬼，但他现在渐渐的脱离了这种种幼稚的时期，他现在渐渐明白：空间之大只增加他对于宇宙的美感；时间之长只使他格外明了祖宗创业之艰难；天行之有常只增加他制裁自然界的能力。

“甚至于因果律之笼罩一切，也并不见得束缚他的自由，因为因果律的作用一方面使他可以由因求果，由果推因，解释过去，预测未来；一方面又使他可以运用他的智慧，创造新因以求新果。甚至于生存竞争的观念也并不见得就使他成为一个冷酷无情的畜生，也许还可以格外增加他对于同类的同情心，格外使他深信互助的重要，格外使他注重人为的努力以减免天然竞争的残酷与浪费。——总而言之，这个自然主义的人生观里，未尝没有美，未尝没有诗意，未尝没有道德的责任，未尝没有充分运用“创造的智慧”的机会。”

“译事三难”，而译本国人用外国文著的东西却有四难，因为除信达雅三者之外，还须顾虑到作者的口吻笔调。译外国人的东西，任是怎么不忠实，怎么硬配强造，总是死无对证的。译本国人以外，一方面作者又在那里监察，不忠实固然做不到，硬配强造也做不到。

胡先生这篇东西尤其困难，因他已有了中文的《四十自述》，故不得不处处参配比对。例如他在《四十自述》里说：“我大哥自小就是个败子。”而英文里却于degenerate之上加了incorrigible，所以只好译作“难望洗心革面的败子”。不过，《四十自述》只有三章，以后的就只能全照英文直译了。

文中引用中国书籍之处，除《四十自述》中已有的外，均经查出原文照录（这也是第四难的一部），其有查不到的，则连英文录出，以便阅者。

译者志

（原载于美国《论坛报》1931年1、2月号。）